青少年人文六书

中国文学常识

王晓冰 编著

商务印书馆国际有限公司
中国·北京

图书在版编目（CIP）数据

中国文学常识 / 王晓冰编著. -- 北京 : 商务印书馆国际有限公司，2023.1
（青少年人文六书）
ISBN 978-7-5176-0944-5

Ⅰ. ①中… Ⅱ. ①王… Ⅲ. ①中国文学—文学史—青少年读物 Ⅳ. ①I209-49

中国版本图书馆CIP数据核字(2022)第216208号

ZHONGGUO WENXUE CHANGSHI

中国文学常识

编　著	王晓冰
出版发行	商务印书馆国际有限公司
地　址	北京市朝阳区吉庆里14号楼 佳汇国际中心A座12层
邮　编	100020
电　话	010-65592876（编校部） 010-65598498（市场营销部）
网　址	www.cpi1993.com
印　刷	三河市紫恒印装有限公司
开　本	710mm × 1000mm　1/16
字　数	240千字
印　张	14.5
版　次	2023年1月第1版第1次印刷
书　号	ISBN 978-7-5176-0944-5
定　价	39.80元

序言

青少年是祖国的未来，是希望，是生力军。了解、学习中华优秀传统文化，对青少年朋友来说，是十分有必要的。从历史的发展来看，我们的中华文明传承有序，不同时期积极融汇外来文化，正是在与不同文明的交流互鉴、融合会通中,中华文明创造了延绵五千多年从未中断的辉煌奇迹。中华优秀传统文化中的思想观念、人文精神、道德规范、文学艺术、科技文明、历史传统等，是中国人思想和精神的内核，它不仅塑造了我们的过去，更昭示着我们的未来。

嘤其鸣矣，求其友声！在灿烂如星河的历史长流里，我们在努力寻找契入传统文化的门径，以便观其大者，多有探获。因此，我们对中华优秀传统文化进行梳理，将其中的核心要义拈取出来，结合以时代精神、国际视野，以飨诸君。

《易经》有言“文明以止，人文也”，“青少年人文六书”立足中华优秀的传统文化，融通中西人文精神，涵盖文学、艺术、历史、哲学、科技和文化诸领域，力求内容简要，脉络清晰，让亲爱的读者朋友们既能树立起宏观视野，又可以了解具体的常识，进而将人文素养的意蕴内化于心，为涵养心性、变化气质打下较为坚实的基础。

“落其实者思其树，饮其流者怀其源”，不忘本来，吸收外来，面向未来，可以使我们脚步更坚定，胸襟更广阔。倘若亲爱的读者朋友们从中得到收获，则是我们莫大的夙愿。当然也因学殖不足，此书难免有诸多舛陋，敬请不吝赐教，以期修改完善！

编者

目录

人物篇

先秦

01 老子……002
02 孔子……005
03 左丘明……008
04 墨子……010
05 孟子……014
06 庄子……017
07 屈原……020
08 荀子……023
09 韩非子……025

两汉魏晋南北朝

10 司马迁……027
11 班固……029
12 曹操……031
13 曹丕……033
14 曹植……035
15 陶渊明……038

唐

16 陈子昂……041
17 王维……043
18 李白……045
19 杜甫……049

20 韩愈 052
21 刘禹锡 055
22 白居易 058
23 柳宗元 061
24 杜牧 063
25 李商隐 065

宋

26 范仲淹 067
27 欧阳修 070
28 司马光 073
29 曾巩 076
30 王安石 078
31 苏轼 080
32 李清照 083
33 陆游 085
34 朱熹 087
35 辛弃疾 089

元明清

36 关汉卿 091
37 马致远 093
38 施耐庵 095
39 罗贯中 097
40 吴承恩 100
41 袁宏道 102
42 蒲松龄 104
43 纳兰性德 106
44 吴敬梓 108
45 曹雪芹 110
46 袁枚 112
47 龚自珍 114

民国

48 梁启超 116
49 鲁迅 118

近现代

50 周作人 122
51 林语堂 125
52 郭沫若 128
53 叶圣陶 130

54 茅盾 132
55 朱自清 134
56 闻一多 136
57 老舍 139
58 冰心 142
59 沈从文 144
60 巴金 146
61 曹禺 148
62 汪曾祺 151
63 余光中 153
64 王蒙 155
65 冯骥才 157
66 路遥 159
67 王小波 161
68 莫言 163
69 刘震云 165
70 王朔 167

文学社团、文学现象与文学流派篇

01 建安七子 170
02 竹林七贤 171
03 初唐四杰 173
04 边塞诗派 175
05 盛唐山水田园诗派 176
06 大历十才子 178
07 韩孟诗派 179
08 豪放派 182
09 婉约词派 184
10 江西诗派 186
11 中兴四大诗人 188
12 前七子 190
13 后七子 191
14 公安派 193
15 唐宋派 195
16 浙西词派 197
17 桐城派 199
18 常州词派 201
19 鸳鸯蝴蝶派 203
20 文学研究会 205
21 左联 206
22 山药蛋派 208
23 白洋淀派 210
24 朦胧诗派 212
25 先锋派小说 213
26 武侠小说 215
27 网络文学 216

文学体裁篇

01 古体诗........................218
02 楚辞 218
03 乐府 218
04 近体诗........................219
05 赋 219
06 古文 219
07 骈文 220
08 小品文........................220
09 八股文........................220
10 笔记小说....................221
11 唐传奇........................221
12 话本小说 221
13 章回小说 222
14 词 222
15 散曲 222
16 诸宫调 223
17 元杂剧 223
18 话剧 223
19 新诗 224
20 报告文学 224
21 影视文学 224

人物篇

屈原
韩非子
老子
李白
老子
陶渊明
曹操
司马迁
苏轼
鲁迅

01 – 老子

老子

姓名

姓李，名耳，字聃

年代

春秋末期

身份

道家学派创始人；周朝藏室史（相当于国家图书馆馆长）

代表作

《道德经》

老子，姓李名耳，字聃（大耳朵），春秋末期人，生卒年不详，籍贯也有很多争议。道家学派创始人，世界文化名人，与庄子并称“老庄”。后道教尊其为始祖，称其为“太上老君”。在唐代，老子被追认为李姓始祖。老子的思想，如道法自然、无为而治、辩证法等，主要体现在《道德经》（又称《老子》）一书中，全书共八十一章，分为上下两篇，上篇道经三十七章，下篇德经四十四章。《道德经》是全球文字出版发行量最大的著作之一。

轶闻趣事

传说老子的妈妈怀孕后，整整81年没有分娩，后来在一棵李子树下生下老子。老子的妈妈指着李子树说，以后这个孩子就姓李了。所以现在有一种说法是，老子是天下姓李的人的共同祖先。又传说老子的耳朵很大，耳垂儿能够接触到肩膀，所以取名为耳。

名句

道可道，非常道；名可名，非常名。

上善若水，水利万物而不争。

道生一，一生二，二生三，三生万物。

人法地，地法天，天法道，道法自然。

老子曾担任周朝“藏室史”，你知道这是什么官吗？

相当于现在的国家图书馆馆长，这就能理解为什么老子学识渊博了，因为他看书、获取知识很方便啊。

老子和孔子见过面吗？

《庄子》《史记》等书记载，老子和孔子见过面。老子很博学，孔子曾专门拜访他，向他请教有关礼的问题，还留下了“孔子问礼”的典故。据说老子和孔子见过三次面，孔子对老子倾慕不已，将老子比作“龙”，认为老子的学问高深莫测，如神龙见首不见尾，对老子佩服得五体投地。

东汉画像砖 孔子见老子画像

老子为什么写《道德经》?

《史记》记载，春秋末年，天下大乱，老子想辞官归隐，于是骑青牛西行。过函谷关时，守关卡的长官尹喜很敬佩老子，可是知道老子要去云游，又舍不得，于是他想了一个办法挽留老子，就是让老子将平生学问写成书，才肯放行。老子没办法，只好写了五千字交差，这就是《道德经》。

宋・晁补之《老子骑牛图轴》

老子所说的“道德”指什么?

老子所说的“道德”指的是自然之道和万物之性，不是我们现在所说的人伦规范的道德哦。

02 - 孔子

孔子

姓名
子姓，孔氏，名丘，字仲尼

年代
春秋时期

身份
政治家、教育家；儒家学派创始人

代表作
《春秋》《论语》

孔子（前551—前479），子姓，孔氏，名丘，字仲尼，春秋时期鲁国陬邑（今山东曲阜）人。他是中国古代伟大的思想家、政治家、教育家，儒家学派创始人，被尊称为“大成至圣先师”，是世界上知名度最高的中国人。孔子的弟子及再传弟子记录孔子及其弟子言行，编成了语录文集《论语》，较为集中地体现了孔子及儒家学派的政治主张、伦理思想、道德观念、教育原则等。宋代以后，《论语》《孟子》《大学》《中庸》合称“四书”。孔子对很多古代文献进行了整理加工，晚年修订了“六经”——《诗》《书》《礼》《乐》《易》《春秋》，其中的《诗》就是我国最早的诗歌总集《诗经》。《诗经》汇集了从西周初年到春秋中叶500多年的诗歌305篇，又称“诗”“诗三百”。

轶闻趣事

孔子是全面发展的好青年，礼乐射艺书数样样精通。传说孔子很高，被呼为“长人”，他力气大，战斗力惊人，据说可以举起城门上的关闸；孔子很勇猛，其父叔梁纥就能文善武，是“鲁国三虎将”之一，孔子继承了父亲的基因，也很勇猛，甚至超过战国时著名的武士孟贲；孔子跑得快，据说能追上兔子，“足蹑狡兔”；孔子曾带兵肉搏，亲自指挥反击费人袭击鲁国的战事。怪不得有人说，孔子是最早的“六边形战士”。

名句

吾十有五而志于学，三十而立，四十而不惑，五十而知天命，六十而耳顺，七十而从心所欲，不逾矩。

己所不欲，勿施于人。

学而时习之，不亦说乎。

独学而无友，则孤陋而寡闻。

《诗》三百，一言以蔽之，曰：思无邪。

为什么说孔子是“教育家”？

西周时期，“学在官府”，官府垄断学校教育和学术文化，只有贵族才有机会接受教育，平民百姓是不能进入校门的。孔子开创了私人讲学之风，面向社会招生，不局限于门第，主张“因材施教”，倡导“有教无类”，不分贵贱贤愚，人人都有受教育的权利，也可以通过受教育消除人与人之间的一些差别。《荀子》记载，南郭惠子问孔子的学生子贡（端木赐）：你老师的学生怎么那么杂啊？言外之意就是孔子的弟子什么人都有（夫子之门，何其杂也），从侧面反映了孔子“有教无类”的教育思想。据说孔子的弟子有3000人，其中的杰出者有72人。

“文学”和孔子有什么关系？

首先，从目前所见的文字记载中，“文学”一词最早出自孔子之口，“子曰：从我于陈蔡者，皆不及门也。德行：颜渊、闵子骞、冉伯牛、仲弓。言语：宰我、子贡。政事：冉有、季路。文学：子游、子夏”（《论语·先进》）。

但是，这个“文学”和现在我们说的“文学”不完全相同，指广义的学术、学问。其次，孔子修订了《诗经》，也有很多关于文学思想的言论，对后世影响很大。《诗经》强调文学的社会功用，“诗可以兴、可以观、可以群、可以怨”，主张文学的内容与形式并重，如“文质彬彬”等。

明·佚名《孔子圣迹图》

03 - 左丘明

左丘明

姓名

姜姓，丘氏，名明（有争议）

年代

春秋时期

身份

史学家、文学家

代表作

《左传》《国语》

左丘明，春秋时期史学家，文学家。生卒年不详，据说与孔子同时代。一说复姓左丘，名明；一说单姓左，名丘明；一说姜姓，丘氏，名明。历代学者对左丘明的姓名、时代、籍贯、官职及著作一直有各种不同的说法，尚无定论。曾任鲁国史官，相传曾作编年体历史书《左传》（又称《左氏春秋》），又作我国最早的国别体史书《国语》，作《国语》时已双目失明，两书史料翔实，文笔生动，记录了不少西周、春秋时期的重要史事，保存了很多珍贵的原始资料。被誉为“文宗史圣”“经臣史祖”，孔子、司马迁均尊其为“君子”。左丘明是中国传统史学的创始人。史学界推左丘明为中国史学的开山鼻祖，左丘明也被誉为“百家文字之宗、万世古文之祖”。

轶闻趣事

《左传》到底是不是左丘明写的，历来就有很多争议，司马迁、班固等人认为是左丘明所作，但是唐朝的赵匡首先怀疑《左传》不是左丘明所作，后来，叶梦得、郑樵、朱熹等人也认为《左传》作者另有其人。所以，至今没有定论，只能说《左传》是“旧传”左丘明作。

名句

善不可失，恶不可长。

一鼓作气，再而衰，三而竭。

修己而不责人，则免于难。

人谁无过？过而能改，善莫大焉。

太上有立德，其次有立功，其次有立言。

言之无文，行而不远。

司马迁为何将左丘明称为“鲁君子”？

司马迁在《史记》中称左丘明为“鲁君子”。这个称呼和孔子有很大关系。据说有一次孔子去齐国，路过肥邑（今属山东泰安，据说左丘明出生于此地），感叹道：“这个地方有君子啊。”表达的就是对左丘明的敬佩之情。《论语·公冶长》也赞扬了左丘明的高尚品格：“巧言、令色、足恭，左丘明耻之，丘亦耻之；匿怨而友其人，左丘明耻之，丘亦耻之。”可见，孔子对左丘明的人品赞赏有加，视其为榜样、君子。春秋以后，左丘明的“君子”美称一直沿用下来，所以司马迁称左丘明为“鲁君子”。

《左传》有何文学成就？

《左传》记事起于鲁隐公元年（前722），终于鲁悼公四年（前464），代表了先秦史传文学的最高成就，为后世的史书写作和文学创作提供了很多经验。《左传》和《公羊传》《穀梁传》合称“春秋三传”。《左传》的文学成就主要体现在人物塑造和叙事两方面。首先，《左传》塑造了很多鲜明生动、富有个性的人物形象。《左传》善于通过对话、细节塑造人物。其次，《左传》表现出了高超的叙事技巧，尤其是对于战争的描写艺术。使用顺叙、倒叙、预叙和补叙等多种叙述手法，且叙事视角灵活，能从多个视角展现广阔的社会场景。

04 墨子

墨子

姓名

姓墨，名翟

年代

春秋末期战国初期

身份

教育家、科学家、军事家

代表作

《墨子》

墨子（前468—前376），名翟，一般认为是春秋末期战国初期宋国人。中国古代思想家、教育家、科学家、军事家，墨家学派创始人和主要代表人物。墨子提出了"兼爱""非攻""尚贤""尚同""节用"等观点，以兼爱为核心，以节用、尚贤为支点，创立了以几何学、物理学、光学为突出成就的一整套科学理论，可以说墨子是理工科出身的思想家。"理工男"的背景，造就了其文字风格：质朴而不重修饰，讲究逻辑，观点鲜明。

墨子在先秦诸子里面最为独特，他对自然科学充满兴趣，在一众以人文科学为主的诸子百家中闪耀着独特的光芒。大家都高谈阔论、争相表达理想，只有墨子穿着草鞋，艰苦朴素，身体力行，摆脱各种纠缠和引诱，从力学、光学、几何学、逻辑学等广泛的知识领域去把握生命本来的含义，认知世界的真相。此外，墨子还和后来独尊的老大，也就是儒家思想叫板，反对有等级之爱，主张"兼爱""节葬"，反对繁文缛节的礼乐，因此墨子的风评一般，孟子甚至骂墨子是"禽兽"（"无君无父，是禽兽也"），这相当激烈了。虽然当时墨家学派和儒学一度分庭抗礼，同为"显学"，战国时期的百家争鸣，有"非儒即墨"之称。但后世墨家渐渐失去了话语权。

直到近代西学东渐，很多学者在西方文化冲击的背景下重新审视墨家，发现了其独特的意义，例如认为墨家与基督教相近，可提高“民族自豪感”，西方文化都是我们“古已有之”的东西，学习一下也无妨。汉学家李约瑟曾说过，墨子的科学成就超过了整个古希腊。墨子的逻辑学理论体系和印度的因明学、古希腊逻辑学并称为世界三大逻辑学。

墨子弟子根据墨子生平事迹的史料，收集其语录，编成了《墨子》一书。

轶闻趣事

墨子可以说是武侠的鼻祖。墨家学派的老大又称为“钜子”，成员则为“墨者”，在混乱的春秋战国，这些人可以去诸国担任官职，但要以忠义行事，永不得脱离墨家，且所获得的俸禄也得上交钜子，而一切钱财最后要回到小农身上，可视为“正义联盟”的雏形。墨家学派为了推行他们的主张，一直都不畏艰险，迎难而上，因此有了“墨侠”之称。

名句

兼相爱，交相利。

志不强者智不达，言不信者行不果。

世界上第一个小孔成倒像的实验是谁做的？

是墨子和他的学生们做的。墨子的小孔成像实验第一次科学地解释了光沿直线传播的性质，这个结论比牛顿的结论早了2000多年，代表了我们先秦时期光学的最高水平。小孔成像实验与我们最直接的联系，就是为今天照相机的发明创造，奠定了光学理论基础。不仅如此，《墨子》还详细介绍了力学相关的知识，介绍了杠杆原理、滑轮原理，云梯和车梯相关的技术原理，堪称我国古代工匠技术大全。据统计，仅《墨子·经下篇》中有83个条目的内容，包括自然科学知识16条，其中属于光学的8条，力学、物理学和机械学的7条，数学的1条；哲学社会科学知识67条，其中属于逻辑学的41条，占全部条目近50%，方法论的10条，世界观的6条，认识论的5条，历史观的2条，经济学的2条，政治学的1条。墨子不仅以自身实践经验为基础，总结了大量的科学技术知识，更重要的是，他把这些技术知识上升到了科学理论，进行了理论归纳、总结、论证和思辨，体现了我国古代实用主义的科学观，墨子也因此被尊称为我国古代的“科圣”。

墨子的手工技艺可与木匠鼻祖鲁班相媲美，传说纸鸢和风筝都是墨子发明的。作为一个记忆超凡的木匠，他还会制造车辆、兵器、攻城和守城的器械；作为一个懂点物理知识的木匠，墨子还根据声音传播的原理，发明了最早的窃听器“听瓮”。墨子也是中国历史上第一个从理论高度研究数学问题的科学家，他给出了一系列数学概念的命题和定义，这些命题和定义都具有高度的抽象性和严密性。

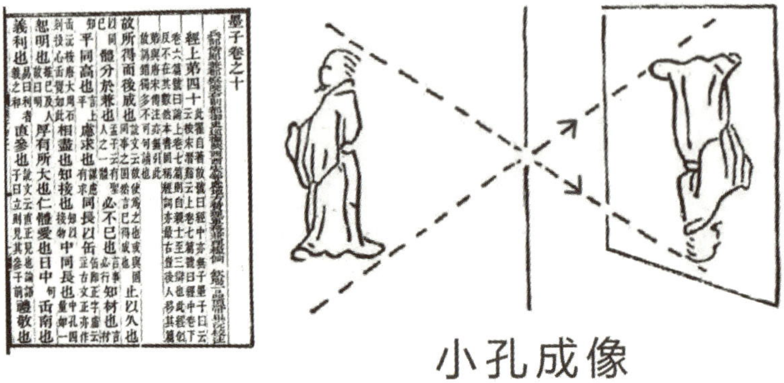

《墨子》中对小孔成像的研究

“墨守成规”和墨子有什么关系？

关系很大啊，这个“墨”就是墨子。这个成语的背后是墨子和鲁班对决的故事。

战国时期，楚国要攻打宋国，鲁班特地为楚国设计制造了一种云梯，准备攻城。墨子听到这个消息，急忙从齐国赶到楚国去劝阻，一直走了十天十夜，到了楚国就立刻拉上鲁班去见楚王。墨子是反对战争的，竭力劝说楚王和鲁班放弃攻打宋国，告诉他们，楚国地域广阔，物产丰富，国泰民安，没有必要要去打又小又穷还连年受灾的宋国，况且还要牺牲很多人命。墨子逻辑严密，楚王被说服了。这就是“墨子救宋”的故事。但是楚王和鲁班都舍不得自己研制出的新式武器被弃置，便想在实战中试试它的威力。好吧，墨子想，就陪你们来一场军事演习吧。

墨子命人用衣带围成城墙，用木片作为武器，让鲁班同他分别代表攻守两方进行表演。鲁班使用了很多不同的方法攻城，都被墨子挡住了。鲁班攻城的器械都用完了，而墨子守城的计策还有很多。鲁班不服气，说自己有办法对付墨子，但是不说。墨子说自己知道鲁班要怎样对付自己，但是他也不说。一旁的楚王表示很懵，不知道俩人葫芦里卖的什么药。墨子说鲁班是想杀自己，杀了自己，就没有人帮宋国守城了，还说自己已经埋伏了300多人在宋国都城守着呢，就算自己死了，他们也拿不下宋国。楚王想了想，觉得没有把握取胜，就决定不攻打宋国了。这场对决以墨子胜利告终。墨子善于守城，便有了“墨守”一词，后来就把牢牢守住称为“墨守”。但这个“守”一般和守城没多大关系了，而多指守旧，成了贬义词了。后来，“墨守”还加上了“成规”（现成的或久已通行的规则、方法），使其思想保守，守着老规矩不肯改变的意义更加突出。

05 - 孟子

孟子画像

孟子

姓名

姬姓，孟氏，名轲

年代

战国时期

身份

思想家，儒家学派代表人物

代表作

《孟子》

孟子（约前372—前289），姬姓，孟氏，名轲，字子舆，邹国（今山东邹城东南）人。孟子是继孔子之后、荀子之前的儒家学派的代表人物，与孔子并称“孔孟”，“孔孟之道”代表的就是儒家思想。孟子很倾慕孔子，据说孟子是孔子嫡孙子思的再传弟子，孟子也以孔子为榜样，“乃所愿，则学孔子也”。孟子继承发展了孔子的学说，也曾游历各国。孟子思想的核心是“仁义”，主张“仁者无敌”（《孟子·梁惠王上》）、“舍生取义”（《孟子·告子上》），孟子元朝时被追封为“亚圣”。孟子、其弟子及其再传弟子的言论集中在语录体著作《孟子》一书中，南宋理学家朱熹从《礼记》中摘出《中庸》《大学》两篇，与《论语》《孟子》合为“四书”，涵盖了儒家思想的核心内容。

轶闻趣事

据说，孟子的妈妈为了给孟子一个好的学习环境，先后搬了三次家。孟子小时候住的地方离墓地很近，他常玩些办理丧事的游戏。孟母觉得这里不适合孩子居住，就将家搬到了集市旁。到了集市，孟子又和这儿的小孩学起了商人做生意的样子。孟母非常不满这里的居住环境，就搬到了学校旁边。在周围人的影响下，孟子开始变得守秩序，懂礼节。孟母满意地说：“这才是孩子应该居住的地方。”这就是“孟母三迁”的故事。

名句

穷则独善其身，达则兼济天下。
人之患，在好为人师。
尽信书，则不如无书。
生于忧患而死于安乐也。
行有不得者，皆反求诸己。

为什么我国风俗中避讳73和84这两个岁数？

我国有句俗语：七十三、八十四，阎王不叫自己去。说的是73岁和84岁是两道坎儿，很难迈，一不小心过不去就只能去见阎王了，一般在这两个岁数时都不操办寿宴。传说这个风俗和“孔孟”有关，孔子活了73岁，孟子活了84岁，孔孟是两位圣人，他们的去世让大家比较心痛，所以后世对他们去世时的这两个岁数比较忌讳。

清·康涛《孟母教子》

孟子的文章有什么特点？

孟子的文章明白晓畅，充溢“浩然之气”，气势充沛，感情饱满，逻辑严密，用形象化的事物与语言，说明复杂的道理。我们熟知的很多寓言故事都出自孟子。如揠苗助长、月攘一鸡、五十步笑百步等。孟子的文章形式上虽然没有脱离语录体，但与《论语》相比有了很大的发展，塑造人物更细致，叙述更完整，论说更充分，可说是章向篇的过渡，语录体向对话体的转变。孟子的文章对后世散文创作影响深远，如贾谊、韩愈、柳宗元、苏洵、苏轼等散文家，说理的痛切、感情的激烈、气势的奔放、词锋的锐利，都受到孟子文章的影响。

06 - 庄子

庄子

姓名

姓庄，名周，字子休

年代

战国时期

身份

思想家、文学家，道家学派代表人物

代表作

《庄子》

庄子（约前369—约前286），名周，字子休（一说子沐），战国时期宋国蒙人（今河南商丘一带）。战国中期思想家、文学家，道家学派代表人物，与老子并称“老庄”，“老庄哲学”也成了道家思想的代名词。庄子担任过宋国地方的漆园吏，史称“漆园傲吏”。据传庄子曾隐居南华山，死后也埋葬在那里，因此唐玄宗天宝初年，庄子被诏封为南华真人，庄子及其后学所著的《庄子》一书也被奉为《南华真经》。庄子爱使用夸张和比喻，东施效颦、邯郸学步、庖丁解牛、游刃有余、庄周梦蝶等成语都出自《庄子》。

轶闻趣事

有一次，庄周梦见自己变成了一只蝴蝶，在花丛间翩翩起舞，而忘了自己是庄周。醒来后，才发现自己是庄周而不是蝴蝶。但庄周又想，现在也许是蝴蝶在做梦，梦见自己变成了庄周。于是，他分不清是庄周做梦变成了蝴蝶，还是蝴蝶做梦变成了庄周。

名句

子非鱼，安知鱼之乐？

人生天地间，若白驹之过隙，忽然而已。

哀莫大于心死，而人死亦次之。

井蛙不可以语于海，夏虫不可以语于冰。

吾生也有涯，而知也无涯。以有涯随无涯，殆已。

庄子是怎么评价孔子的？

《庄子》一书中有多篇谈及儒家和孔子，甚至比《孟子》一书谈到孔子的地方还多。有的地方贬低儒家，痛骂孔子，如杂篇中的《盗跖》《渔夫》等篇。《盗跖》一篇甚至对孔子进行人身攻击，借盗跖之口将孔子说成是“鲁国之巧伪人”，认为孔子的主张违反了人的自然本性。但有的地方也赞美孔子，把孔子说成道家的圣人，如内篇中的《人间世》《大宗师》及外篇的《田子方》等，都有称赞孔子和颜回的，甚至于许多道家的义理都借由孔子来引说。

清·金廷标《濠梁图》

“子非鱼，安知鱼之乐”的典故就来自于此

历史上哪些作家喜欢庄子？

我们喜欢的李白、苏轼等都是庄子的“粉丝”。李白经常在诗中引用庄子的话。清人方东树说“太白诗与庄文同妙”，“发想无端，如天上白云，卷舒灭现，无有定型。”大神们都是难以绳墨的，神奇超旷、自由洒脱。苏轼说，有些想法不知道怎么表达，读了《庄子》之后，发现全是自己想说的话（吾昔有见于中，口未能言。今见《庄子》，得吾心矣）。哈哈，下笔如“万斛泉涌”止不住的文豪苏轼也需要庄子替他说心里话，可见其对庄子的喜欢。现代作家中，闻一多说“中国人的文化上永远留着庄子的烙印”；郭沫若说“秦汉以来的每一部中国文学史，差不多大半是在他的影响之下发展的”。庄子以诗性的语言表达哲学思想，其文章风格“汪洋恣肆”。可以说，庄子对中国文学的影响比孔子要大。阮籍、陶渊明、李白、苏轼、辛弃疾、曹雪芹、鲁迅等大文学家、大诗人都喜欢庄子。还可以说，庄子思想是中国浪漫主义文学的源泉。

07 屈原

屈原

姓名

芈姓，屈氏，名平，字原

年代

战国时期

身份

政治家、爱国诗人，开创了浪漫主义的诗歌传统

代表作

《离骚》《九歌》《九章》《天问》等

屈原（约前340—前278），芈姓，屈氏，名平，字原，又自名正则，字灵均。战国时期楚国诗人、政治家，是中国文学史上第一位留下姓名的伟大的爱国诗人。他的创作标志着中国诗歌从一个由集体合唱进入到个人独唱的新时代，开创了浪漫主义的诗歌传统。早年受楚怀王信任，任左徒、三闾大夫，兼管内政外交大事。后来因为遭到排挤诽谤，被先后流放至汉北和沅湘流域。楚国郢都被秦军攻破后，自沉于汨罗江。其所著《离骚》是中国古代最长的抒情诗，与《诗经》并称"诗骚"，骚人也常用于指称诗人。屈原对祖国和人民的爱"虽九死其犹未悔"，感动和激励着一代又一代的中国人。"路漫漫其修远兮，吾将上下而求索"，屈原坚持理想的"求索"精神，成为后世仁人志士所信奉和追求的一种高尚精神。

1953年，世界和平理事会决定：中国屈原、波兰哥白尼、法国拉伯雷、古巴何塞·马蒂成为当年纪念的"世界四大文化名人"。

轶闻趣事

2021年5月15日，执行中国首次火星探测任务的天问一号探测器在火星成功着陆，"天问一号”的名字即源于屈原的长诗《天问》。《天问》从天文、地理、历史、哲学等方面提出了一百多个问题，是屈原对天地、自然和人世等一切事物和现象的发问，表达了中华民族对真理追求的坚韧与执着。“天问一号”寓意探求科学真理征途漫漫，追求科技创新永无止境。

名句

路漫漫其修远兮，吾将上下而求索。
长太息以掩涕兮，哀民生之多艰。
亦余心之所善兮，虽九死其犹未悔。
举世皆浊我独清，众人皆醉我独醒。

屈原的作品在文学史上的地位有多高？

屈原其人其作为后世中国文人所敬仰。要问屈原的作品在文学史上的地位，我们看看历代大咖、伟人怎么评价就知道了。

司马迁在《史记》中为屈原立传，肯定了屈原在历史上的地位。李白更是将其作品比作日月：“屈平词赋悬日月。”（《江上吟》）苏轼称“我的文章这辈子再努力都赶不上其万分之一的人，只有屈原一人”（吾文终其身企慕而不能及万一者，惟屈子一人耳）。梁启超提出屈原是“中国文学家的老祖宗”。鲁迅认为屈原作品对后世文学的影响比《诗经》还要大，“其影响于后来之文章，乃甚或在三百篇以上”（《汉文学史纲要》）。毛泽东说：“屈原的名字对我们更为神圣。他不仅是古代的天才歌手，而且是一名伟大的爱国者，无私无畏，勇敢高尚。他的形象保留在每个中国人的脑海里。无论在国内国外，屈原都是一个不朽的形象。我们就是他生命长存的见证人。”

屈原和我国哪个传统节日有关？

端午节。传说屈原于五月五日投江后，当地百姓闻讯马上划船赶来捞救，但却没有捞到屈原的尸体。为了寄托哀思，人们荡舟江河之上，后来逐渐发展成为龙舟竞赛。百姓们又怕鱼吃咬他的身体（古人认为尸首不全不能转世），就纷纷从家里拿来米团投入江中喂鱼，但又担心水里的蛟龙吃了米团，就用茭的叶（菰叶）包住，用彩丝捆住，称为“角黍”。因为传说蛟龙怕菰叶和彩丝。后来就形成了端午节吃粽子纪念屈原的习俗。

什么是楚辞？和屈原有什么关系？

“楚辞”有两个含义。首先，它是一种文体，也称骚体、楚辞体，“楚辞”之名首次出现于《史记·酷吏列传》。可见至迟在汉代前期已有这一名称。其本义泛指楚地的歌辞，以后才成为专称，指以战国时楚国屈原的创作为代表的一种新诗体。其次，“楚辞”也是一部诗歌总集的名字。西汉时刘向将屈原、宋玉等人的作品编辑成集，以屈原作品为主，因为这些作品展现了楚地的文学样式、方言声韵和风土物产等，具有浓厚的地方色彩，故名《楚辞》，对后世诗歌产生深远影响。《楚辞》是中国文学史上第一部浪漫主义诗歌总集，是先秦时期南方文学的代表，与代表北方文学的《诗经》双峰并峙，分别代表了我国浪漫主义与现实主义的诗歌源头。

屈原作为“楚辞”的创立者和代表作家，开辟了“香草美人”（用美人、香草，以喻君子；以恶木秽草，比喻小人）的传统，被誉为“楚辞之祖”，其主要作品有《离骚》《九歌》《九章》《天问》等。

08 荀子

荀子画像

荀子

姓名

姓荀，名况，字卿

年代

战国时期

身份

思想家、哲学家、教育家；儒家学派代表人物

代表作

《荀子》

荀子（约前313—前238），名况，字卿（一说时人相尊而号为卿），战国末期赵国人，两汉时因避汉宣帝刘询名，讳称“孙卿”，思想家、哲学家、教育家，儒家学派的代表人物，先秦时代百家争鸣的集大成者。荀子曾三次担任齐国稷下学宫的祭酒，就是首席专家，两度出任楚兰陵令。晚年隐居兰陵县著书立说，收徒授业，终老于斯，被称为“后圣”。荀子提出“性恶论”，与孟子的“性善论”针锋相对，也正因为“人性本恶”，所以荀子重视后天习俗和教育对人的影响，并强调学以致用。其思想集中反映在荀子和弟子们整理或记录他人言行的哲学著作《荀子》一书中。此外，荀子还是第一个使用“赋”这一名称和用问答体写赋的人（《荀子·赋篇》），同屈原一起被称为“辞赋之祖”。

轶闻趣事

荀子是一个受到学生连累的老师。因为他的两名弟子韩非、李斯是法家代表人物，历代都有学者怀疑荀子是否属于儒家，荀子也因其弟子而在中国历史上受到许多学者猛烈的抨击。本来，在《史记》里，荀子和孟子地位相当，被安排在一篇里（《孟子荀卿列传》），甚至一度超越孟子，从韩愈开始，荀子被鄙视，到明代直接被逐出孔庙。虽然说这些不能全怪他的两个“著名学生”，但恐怕也不无关系吧。

名句

青，取之于蓝，而青于蓝；冰，水为之，而寒于水。

故不积跬步，无以至千里；不积小流，无以成江海。

锲而舍之，朽木不折；锲而不舍，金石可镂。

不登高山，不知天之高也；不临深溪，不知地之厚也。

蓬生麻中，不扶而直；白沙在涅，与之俱黑。

君者舟也，庶人者水也，水则载舟，水则覆舟。

“青出于蓝而胜于蓝”是谁说的?

是荀子说的，这句话出于《荀子·劝学》篇，该篇是《荀子》的第一篇，常用来比喻学生超过老师或后人胜过前人。荀子强调教育的重要性，强调人的主观能动性和学以致用，相信后天的学习可以使人摒弃本性中“恶”的一面，乃至“成圣”。“学不可以已”“锲而不舍，金石可镂”“故不积跬步，无以至千里；不积小流，无以成江海”等鼓励人们坚持学习，不断积累的名言都出自这一篇。

“老师”这一称呼的来历是什么?

荀子是教育家，有很多著名的学生，如西汉初期丞相、历算学家、贾谊的老师张苍，秦朝政治家、文学家李斯，法家学派代表人物韩非等都是他的学生。“老师”称呼的起源就和荀子有关。据《史记·孟子荀卿列传》载：“齐襄王时，而荀卿最为老师。”这里的“老师”，是“资历最深的宗师”，后来，人们就用“老师”泛称“教学生的人”。

09 – 韩非子

韩非子

姓名
韩非

年代
战国末期

身份
思想家、哲学家和散文家；法家代表人物

代表作
《韩非子》(收有《孤愤》《五蠹》《内储说》《外储说》《说难》等文章)

韩非子（约前280—前233），本名韩非，战国末期韩国新郑（今属河南）人。中国古代思想家、哲学家和散文家，法家思想集大成者，其学说一直是中国封建社会时期统治阶级治国的思想基础。韩非的文章说理精密，文锋犀利，议论透辟，推证事理，切中要害；构思精巧，描写大胆，语言幽默，于平实中见奇妙，具有耐人寻味、警策世人的艺术效果。韩非逝世后，后人将其著作辑集而成《韩非子》，共有文章 55 篇，保存了丰富的寓言故事，在先秦诸子文章中独树一帜。

轶闻趣事

韩非子是韩国国君的儿子，和李斯一起师从荀子。韩非子因为有口吃，不能顺畅表达自己的观点，每次劝谏都无功而返。后来他改变策略，不拼口才，开始写书。他的书在韩国不火，却在秦国火了，秦王说，如果能见到作者韩非和他聊聊天，死了也没啥遗憾了。

名句

千里之堤，毁于蚁穴。

法不阿贵，绳不绕曲。

以子之矛，攻子之盾。

为何说韩非子的寓言是“先秦寓言之最”？

韩非子虽然有些口吃，但是文笔流畅，说理严密，很爱讲故事，特别是寓言故事。《韩非子》中有寓言故事三四百篇，内涵丰富，生动形象，著名的有“自相矛盾”“守株待兔”“讳疾忌医”“滥竽充数”“老马识途”“买椟还珠”等。先秦诸子里，庄子也爱通过寓言故事来讲述某些道理，但韩非的寓言浅近而深刻，幽默而冷峻，进一步发展了庄子寓言说理的方法，并更贴近现实，更接地气，不是庄子的那些要靠想象力理解的天马行空的大树啊、大鹏啊、神龟啊，而是一些生活中每个人都可能经历的人或事。其背后的原因在于，庄子讲寓言的态度是你爱听不听，我自娱自乐；而韩非是为了表达自己的观点，想方设法让人听懂。韩非的寓言形象而生动地反映了复杂的现实生活，内容广泛、事件纷杂、形象众多，因此被称为“先秦寓言之最”。

韩非子是荀子的弟子，他的学说也属于儒家学派吗？

韩非子虽然是荀子的学生，但是他的学说属于法家学派，不是儒家。他的主张也更多来自于老子，因此被称为老子的两个传人之一（另一个人是庄周）。他寄希望于君主，为强者说话，重视功利主义、实用主义。《韩非子》中《解老》《喻老》两篇是对道家经典《老子》的重要注解与阐释，“喻”，就是用史事阐释说明的意思。先秦法家与道家本一脉相承，因此学者有“道生法”一说。

两汉魏晋南北朝

10 司马迁

司马迁

姓名

姓司马，名迁，字子长

年代

西汉

身份

史学家、文学家、思想家

代表作

《史记》《报任安书》

司马迁（前145或前135—?），字子长，西汉史学家、文学家、思想家。任太史令，被后世尊称为史迁、太史公、历史之父。著有《史记》，代表文章《报任安书》。《史记》是我国第一部纪传体通史，记载了上自上古传说中的黄帝时代，下至汉武帝太初四年（前101）间共3000多年的历史，被鲁迅誉为“史家之绝唱，无韵之离骚”。

轶闻趣事

司马迁的父亲司马谈也是历史学家，著有《论六家之要旨》。司马谈早年立志撰写一部通史，未能如愿，但为《史记》的撰写积累了大量资料，确立了部分观点。司马迁之所以能忍辱负重，完成《史记》的撰写，其中一个很重要的原因就是为了完成父亲的遗愿。

名句

人固有一死，或重于泰山，或轻于鸿毛。

运筹帷幄之中，决胜千里之外。

桃李不言，下自成蹊。

不飞则已，一飞冲天；不鸣则已，一鸣惊人。

高山仰止，景行行止，虽不能至，心向往之。

司马迁怎样评价孔子？

司马迁对孔子很敬仰，称其为“至圣”。他在《史记·孔子世家》中说：“诗有之：‘高山仰止，景行行止。’虽不能至，然心向往之。余读孔氏书，想见其为人。适鲁，观仲尼庙堂车服礼器，诸生以时习礼其家，余祗回留之不能去云。天下君王至于贤人众矣，当时则荣，没则已焉。孔子布衣，传十余世，学者宗之。自天子王侯，中国言六艺者折中于夫子，可谓至圣矣！”

如何理解司马迁的“发愤著书”说？

司马迁总结历史上许多伟人在逆境中著书立说的事迹，提出“发愤著书”说。他认为写书都是因为圣贤们心里有事，需要发泄，舒缓情绪。有名的人、富贵的人很多，但只有非常与众不同的、才华出众的人才能名垂青史。“古者富贵而名摩灭，不可胜记，唯倜傥非常之人称焉。盖文王拘而演《周易》；仲尼厄而作《春秋》；屈原放逐，乃赋《离骚》；左丘失明，厥有《国语》；孙子膑脚，《兵法》修列；不韦迁蜀，世传《吕览》；韩非囚秦，《说难》《孤愤》；《诗》三百篇，大底圣贤发愤之所为作也。此人皆意有所郁结，不得通其道，故述往事、思来者。”（《报任安书》）司马迁遭遇了常人无法忍受的磨难，也是“有所郁结”，“发愤著书”是对自己的安慰，也是对自己的鼓励。

11 – 班固

班固画像

班固

姓名

姓班，名固，字孟坚

年代

西汉

身份

史学家、文学家、经学家

代表作

《汉书》《白虎通义》《两都赋》

班固（32—92），字孟坚，扶风安陵（今陕西宝鸡）人。东汉史学家、文学家、经学家。班固与司马迁并称“班马”。班固一生著述很多，作为史学家，修撰的《汉书》是“前四史”之一；作为辞赋家，是“汉赋四大家”（司马相如、扬雄、班固、张衡）之一；作为经学理论家，所编《白虎通义》集当时经学之大成。

轶闻趣事

班家家世显赫，人才辈出。班固的祖姑姑是著名的才女班婕妤，父亲班彪也有修史的志向。班固的弟弟班超就是投笔从戎、出使西域的定远侯“班定远”，妹妹班昭——因丈夫姓曹，又称“曹大家（gū）”——也是文学家，在班固去世后，完成了《汉书》“八表”的编撰工作。

名句

百闻不如一见。

廉者昌，贪者亡。

以管窥天，以蠡测海。

修学好古，实事求是。

临渊羡鱼，不如退而结网。

班固的文学作品代表作有哪些？

《汉书》是史传文学的典范，是班固最重要的文学作品。班固的汉赋代表作是《两都赋》，分《西都赋》《东都赋》两篇，分别描写了长安（今西安）和洛阳的盛况，中国现存编选最早的诗文总集《昭明文选》（简称《文选》）将其列为首篇；班固的五言诗《咏史》，是现存最早最完整的文人五言诗，也是诗歌史上第一首真正意义上的咏史诗，开启了“咏史”这一诗题。

“文人相轻”说的是谁的故事？

“文人相轻”指文人之间互相看不起。这个说法起源于曹丕的《典论·论文》，说的是班固和傅毅的故事。他们当时都是兰台令史（汉朝时，皇宫内建有藏书的石室，作为中央档案典籍库，称为兰台，兰台令史掌管兰台的文书事务），班固和傅毅虽然是同事，水平能力也差不多，但是班固看不起傅毅，讥讽他自以为能写，“一写就停不了”（下笔不能自休），言下之意是傅毅太啰唆。曹植对此发表了看法，他觉得班固和傅毅“不相仲伯”，班固这么说只是因为“文人相轻”，互相看不起。同时，“不相伯仲”“伯仲之间”也是出自这个故事，用来说明两个人的水平相当，不相上下。

12 曹操

曹操

姓名

姓曹，名操，字孟德

年代

三国时期

身份

政治家、军事家、文学家、书法家

代表作

《观沧海》《龟虽寿》《蒿里行》《苦寒行》《短歌行》《对酒》《度关山》《薤露行》

曹操（155—220），字孟德，一名吉利，小字阿瞒，沛国谯县（今安徽亳州）人。中国古代杰出的政治家、军事家、文学家、书法家，三国时期曹魏政权的奠基者。其子曹丕代汉称帝后，追尊曹操为“太祖武皇帝”。毛泽东《浪淘沙·观沧海》之“魏武挥鞭”，魏武，就是指曹操。曹操善诗文，知兵法，开建安文风。有诗文多篇。鲁迅评价其为“改造文章的祖师”。同时曹操也擅长书法，唐代张怀瓘在《书断》中评其为“妙品”。

轶闻趣事

一次，曹操带领军队长途行军，途中将士们干渴难忍，但周围都没有水源。曹操登上山顶远眺，急中生智，对士兵们说：“翻过前面的那座山，就有吃不完的梅子。”士兵们一听到梅子，想起梅子那酸甜的味道，都不由得流出了口水，于是，突然都有了力气，奋力前进。后来，他们终于到达了有水的地方，但是发现那里根本就没有梅子林。这就是“望梅止渴”的故事。后来“望梅止渴”用来指用想象激励、安慰自己。

名句

对酒当歌，人生几何？

唯才是举，吾得而用之。

老骥伏枥，志在千里。烈士暮年，壮心不已。

周公吐哺，天下归心。

“横槊赋诗”说的是谁？

说的是曹操。槊就是长矛，一种兵器。“横槊赋诗”就是横着长矛而能作诗，既能驰骋沙场，又能纵横文坛，形容能文能武的英雄豪迈气概。苏轼在《前赤壁赋》中构画了这样的场景：曹操在赤壁之战前夕，率大军饮马长江，与孙权、刘备联军决战。一天晚上夜色很好，他在大江之上摆酒设乐，和将士们聚会。酒喝到兴头上，曹操诗兴大发，取长矛立于船头，慷慨而歌。想想就霸气！于是苏轼称其“一世之雄”（“酾酒临江，横槊赋诗，固一世之雄也”）。

“说曹操曹操就到”有怎样的故事？

这是一个典故，出自《三国演义》。有人向汉献帝推荐曹操，说曹操能保护他的安全，汉献帝正准备把曹操叫过来的时候，曹操就来了。汉献帝就说，真是“说曹操曹操就到”啊。现在用来形容对方出其不意地出现，常常给人惊喜。

13 曹丕

曹丕

姓名

姓曹，名丕，字子桓

年代

三国时期

身份

政治家、文学家，曹魏开国皇帝

代表作

《典论》《燕歌行》《沧海赋》《陌上桑》等

曹丕（187—226），曹操之子，字子桓，沛国谯县（今安徽亳州）人，三国时期政治家、文学家，曹魏开国皇帝（220—226年在位），谥号文皇帝，又称“魏文帝”。曹丕文学成就很高，与其父曹操和弟曹植并称“建安三曹”。著有《典论》，在其中《论文》一篇中曹丕首次提出了“建安七子”［汉建安年间（196—220）七位文学家的合称，包括孔融、陈琳、王粲、徐幹、阮瑀、应玚、刘桢］的说法。曹丕是邺下文人集团的实际领袖，对建安文学的精神架构起到了关键作用，由此形成的“建安风骨”对后世文学产生了深远影响。

轶闻趣事

据《世说新语》记载，“建安七子”之一的王粲是曹丕的好友。王粲去世的时候，曹丕去吊唁。他说王粲喜欢学驴叫，便号召大家学驴叫给王粲送行。

名句

文章，经国之大业，不朽之盛事。

秋风萧瑟天气凉，草木摇落露为霜。

文人相轻，自古而然。

我国现存最早的文人七言诗是哪首?

曹丕的《燕歌行》是中国文学史上第一首完整的七言诗，对后世七言诗的创作产生了很大影响。全文如下——

秋风萧瑟天气凉，草木摇落露为霜。群燕辞归鹄南翔。
念君客游思断肠，慊慊思归恋故乡，君何淹留寄他方?
贱妾茕茕守空房，忧来思君不敢忘，不觉泪下沾衣裳。
援琴鸣弦发清商，短歌微吟不能长。
明月皎皎照我床，星汉西流夜未央。

中国文学史上第一部有系统的文学批评专论作品是什么?

曹丕的《典论·论文》是中国文学史上第一部系统的文学批评专论，开创了文学批评的风气，为中国文学批评之祖。曹丕在这篇文章中肯定了文学的历史价值，声称“盖文章，经国之大业，不朽之盛事”。

14 - 曹植

曹植画像

曹植

姓名

姓曹，名植，字子建

年代

三国时期

身份

文学家、政治家

代表作

《洛神赋》《白马篇》《七哀诗》等

曹植（192—232），曹操之子，字子建，沛国谯县（今安徽亳州）人，生前曾为陈王，去世后谥号“思”，因此又称陈思王。曹植是三国时期著名文学家，作为建安文学的代表人物之一与集大成者，他在两晋南北朝时期，被推尊到文章典范的地位。他是建安文学成就最高者，是第一位大力写作五言诗的文人，其诗以笔力雄健和词采华美见长。王士祯曾经将曹植与李白、苏轼并称为两千年间诗家堪称“仙才”者。

轶闻趣事

据说，曹丕当了皇帝之后，担心曹植和他争夺皇位，便想方设法要除掉曹植。有一次他让曹植七步之内写首诗，否则就要处死他，于是曹植作了这首诗，救了自己一命。《七步诗》全文如下：

煮豆持作羹，漉菽以为汁。
萁在釜下燃，豆在釜中泣。
本自同根生，相煎何太急？

名句

捐躯赴国难，视死忽如归。

本是同根生，相煎何太急？

丈夫志四海，万里犹比邻。

“才高八斗”说的是谁？

说的是曹植。南朝宋的文学家谢灵运曾说“天下才有一石（dàn），曹子建独占八斗，我得一斗，天下共分一斗”。谢灵运也是位大诗人，李白、杜甫都对他评价很高，是大力创作山水诗的第一人，山水诗派鼻祖，自视颇高，他这样评价曹植也是无形中抬高自己。后来就用“才高八斗”来形容一个人有才华，经常一起使用的还有形容知识渊博的“学富五车”。（石，古代容量单位，十斗为一石。）

“翩若惊鸿，婉若游龙。荣曜秋菊，华茂春松。髣髴兮若轻云之蔽月，飘飖兮若流风之回雪。远而望之，皎若太阳升朝霞；迫而察之，灼若芙蕖出渌波”说的是什么？

这是曹植代表作《洛神赋》里的文字，形容洛水女神宓妃形体之美。用惊飞的鸿雁、游动的蛟龙、秋日的菊花、春天的青松、云中之月、风中之雪、初升的旭日、水中的荷花来比喻其体态容貌。是不是让人联想到楚辞的香草美人？《洛神赋》描写了作者与洛水女神相逢、相知再到离别的过程。该赋继承了两汉以来抒情小赋的传统，又吸收了楚辞的浪漫主义精神，为辞赋的发展开辟了新境界。作者在这段文字中刻画了洛神的美，想象丰富，描写传神，辞藻华美，错综变化，巧妙得宜，读来令人满口芬芳。相比之下，现在的“美炸天”“美爆了”真是太过简单粗暴，愧对我们祖先这么优美的文字啊。

南宋·佚名《洛神赋图》

15 - 陶渊明

陶渊明画像

陶渊明

姓名

姓陶，名渊明，又名潜，字元亮

年代

东晋末到南朝宋初

身份

辞赋家、散文家

代表作

《归园田居》五首、《杂诗》十二首；《桃花源记》《归去来兮辞》《五柳先生传》

陶渊明（约365—427），名渊明，又名潜，字元亮，别号五柳先生，私谥靖节，世称靖节先生。浔阳柴桑（今江西九江）人。东晋末到南朝宋初的杰出诗人、辞赋家、散文家，被誉为“隐逸诗人之宗”“田园诗派之鼻祖”。

他是江西首位文学巨匠，是中国第一位田园诗人，其诗“篇篇有酒”，也是中国文学史上第一位大量写饮酒诗的诗人。

除诗歌外，其散文辞赋在文学史上的地位不在其诗之下。欧阳修甚至说“晋无文章，唯陶渊明《归去来兮辞》”，可见评价之高。

轶闻趣事

陶渊明自幼家境贫寒，八岁时父亲去世，只好到外祖父家里去生活。外祖父家藏书很多，给陶渊明提供了读书和了解历史的机会。他不贪图名利，不爱慕虚荣，喜好读书，享受读书的乐趣，但不去过分深究一字一句的意思，“不求甚解”。每当对书中的要义有一些领会时，便会高兴得连吃饭都忘记。

名句

采菊东篱下，悠然见南山。
羁鸟恋旧林，池鱼思故渊。
不戚戚于贫贱，不汲汲于富贵。
归去来兮，田园将芜胡不归！

“不为五斗米折腰”和陶渊明有关系吗？

陶渊明生性淡泊，生活清贫，为了养家糊口，只好去做官。他为官清正，不愿与腐败官场同流合污，过着时隐时仕的生活。后来在朋友的劝说下，当了彭泽县令。那年冬天，上级派来一名督查到彭泽县，这名督查粗俗而又傲慢，他一到旅舍，就派县吏叫陶渊明去见他。陶渊明当时在作诗，他平时就蔑视功名富贵，不肯趋炎附势，此时虽然不愿意去，但是也不得不马上动身。不料县吏拦住陶渊明说：“大人，您要装束整齐，穿上官服去，不然有失体统，督查要向上级说您坏话的。”这一下，陶渊明忍无可忍了，心想我本来就不想去，还这么多规矩，罢了，罢了！他长叹一声说：“我宁可饿死，也不愿为了这五斗米的官俸，去向那种势利小人鞠躬作揖！”（吾不能为

元·赵孟頫《画渊明归去来辞图》

五斗米折腰，拳拳事乡里小人邪。）说完就取出官印封好，并且写了一封辞职信，离开了只当了83天县令的彭泽，《归去来兮辞》就是这时候写的。后来他再也没当官，过上了隐居生活。后来“不为五斗米折腰”就用来比喻为人清高，有骨气，不为利禄所动。

陶渊明的“无弦之琴”是怎么回事？

《晋书·隐逸传》记载，陶渊明有一张不加装饰的琴，这琴没有琴弦，乃“无弦之琴”，每逢饮酒聚会的时候，便抚弄一番，来表达其中意趣。后来的人对这张琴进行了种种猜测和解释，甚至有人说是因为陶渊明“不懂音乐”（不解音律），也有人说陶渊明是故意进行的一场行为艺术，“大音希声”。苏轼对偶像陶渊明的理解听上去比较实在，他说陶渊明不是不懂音乐，也不是故意的，可能只是因为琴弦断了，没去换，于是时时抚弄一下这样的无弦琴，自然而然，心中有音乐就好了。说白了，可能因为穷，没钱去换弦，也就因陋就简，成就一段佳话了。你觉得哪种解释最好？

陶渊明最爱什么花？

菊花。陶渊明有很多诗文写到了菊花，如“秋菊有佳色，不同桃李枝”“酒能祛百虑，菊解制颓龄”“芳菊开林耀，青松冠岩列”等等。陶渊明的时代，人们认为喝菊花酒可以长寿。陶渊明喜欢喝酒，但他很穷，没有酒的时候他就吃菊花解馋。当然，陶渊明喜欢菊花不仅为了吃，他更欣赏菊花清秀淡雅的美感，不畏风霜的品质。菊花已经成了陶渊明安贫乐道、孤高无尘的品德的象征，后代的诗人也常常把菊花和陶渊明联系在一起。《红楼梦》里林黛玉的《咏菊》诗就说“一从陶令评章后，千古高风说到今”。

唐

16 陈子昂

陈子昂

姓名
姓陈，名子昂，字伯玉

年代
唐代

身份
文学家

代表作
《登幽州台歌》《感遇诗三十八首》等

陈子昂（659—700），字伯玉，梓州射洪（今属四川）人。唐代文学家、诗人，初唐诗文革新人物之一。因曾任右拾遗，后世称陈拾遗。

陈子昂青少年时轻财好施，慷慨任侠，上书论政得到女皇武则天重视。为官正直，敢说实话，勇于陈述时弊，两度去边塞从军，对边防事务颇有远见。陈子昂是唐代诗歌革新的先驱，存诗100多首，他的诗标举汉魏风骨，强调比兴寄托，寓意深远，苍劲有力。

轶闻趣事

陈子昂出生在一个富有的家庭，有钱任性，十七八岁时还不喜欢读书，脾气大，爱打抱不平；后来因为击剑伤人，才幡然悔悟，痛改前非，弃武从文，断绝了一些无效社交，关闭朋友圈，立志做一个安静的有为青年。他在金华山（今四川遂宁市射洪市城北）的读书台潜心苦读，成为了深通经史，关心国家兴亡、民生疾苦的学子、诗人。从此以后唐代诗人天团里又多了一位大神，李白、杜甫都称他是“麟凤”“雄才”。这个读书台影响力挺大，后世不少人去瞻仰，可惜读书台原貌已不存，现在的读书台是清代重新择址修建的。

名句

前不见古人，后不见来者。
念天地之悠悠，独怆然而涕下。
平生白云志，早爱赤松游。
自古皆有死，徇义良独稀。
宁知班定远，犹是一书生。

陈子昂有什么文学主张？

陈子昂在革除六朝余风，确立盛唐之音的过程中起着重要作用，历来评价很高，方回称其为“唐之诗祖”。他的文学革新主张集中体现在《与东方左史虬修竹篇序》一文中。陈子昂反对晋宋以来绮靡诗风，主张诗歌思想和艺术上应该统一，“风雅”“兴寄”“风骨”相结合，提出“骨气端翔，音情顿挫，光英朗练，有金石声”的诗美理想，提倡健康而瑰丽的文学。

杜甫“公生扬马后，名与日月悬”说的是谁？

这是杜甫《陈拾遗故宅（宅在射洪县东七里东武山下）》一诗中评价陈子昂的句子。“与日月同辉”是很高的赞赏了，李白评价过屈原，说“屈平辞赋悬日月”，杜甫也这样评价过陈子昂。这里的“扬马”指汉代文学家扬雄和司马相如。宋诗人丘葵说“吏部文章悬日月”，称赞韩愈的文章。当然，古诗中称赞某人、某文与日月同辉的很多，其中不乏过誉的夸张溢美之词。但杜甫称赞陈子昂此语，以今天的眼光来看，确是公允客观的评价。

17 - 王维

王维

姓名

姓王，名维，字摩诘

年代

唐代

身份

诗人、画家；南宗山水画之祖

代表作

《送元二使安西》《使至塞上》《从军行》《九月九日忆山东兄弟》《相思》《洛阳女儿行》等

王维（701—761），字摩诘，号摩诘居士。河东蒲州（今山西永济）人，祖籍山西祁县。唐代诗人、画家。唐肃宗乾元年间任尚书右丞，世称“王右丞”。又因其信奉佛教，有“诗佛”之称。

王维参禅悟理，精通诗书音画，以诗闻名于开元、天宝间，尤其擅长作五言诗，多吟咏山水田园，与李白的好朋友孟浩然合称“王孟”；王维开启了文人画传统，后人推其为南宗山水画之祖。苏轼评价王维说：“味摩诘之诗，诗中有画；观摩诘之画，画中有诗。”王维还精通音乐，他在朝廷中担任的第一个官职就是“太乐丞”，负责礼乐方面的事务。

轶闻趣事

王维诗书画皆佳，还精通音律。据说有一次，一个人无意间得到了一幅奏乐图，但是不知道这幅奏乐图是在演奏什么乐曲，王维见了之后，说：“这是《霓裳羽衣曲》的第三叠第一拍。”这个人将信将疑，请来乐师演奏，分毫不差，果然是《霓裳羽衣曲》的第三叠第一拍。故事的真伪尚且不论，但故事从侧面证实了王维对音律的精通。

名句

行到水穷处，坐看云起时。

劝君更尽一杯酒，西出阳关无故人。

远看山有色，近听水无声。

大漠孤烟直，长河落日圆。

你知道王维写《九月九日忆山东兄弟》时多大?

据说写这首诗时王维仅17岁，就因为才华惊艳了一众长安权贵。王维当时独自一人在洛阳与长安之间漂泊，企图在权贵圈积攒点人脉。山东，指华山和函谷关以东。王维本是山西人，山西在函谷关与华山以西，所以称山西。一个人在外面打拼，过节的时候就思念起兄弟们了。17岁的王维写出了“每逢佳节倍思亲”的诗句，现在成了他乡游子逢年过节、思乡怀旧之必备金句。

王维思念的“兄弟”都是谁?

史料记载，王维有四个弟弟，分别是王缙、王繟、王纮、王紞，其中他和王缙的兄弟深情最为人称道。安史之乱中，王维没能及时逃离长安，被叛军捉住。因为诗名太大，安禄山派人把他接到洛阳，非要他当官，于是，王维做了“安伪政府”（燕）的官，有了“历史污点”。长安收复后，大批担任伪职的官员被清算，王维自然也在其中。看到兄长要倒霉，王缙赶紧上书，宁可不当官了也要替兄长洗白，请求削去自己刑部侍郎之职为兄赎罪。好在王维写过一首表示对李唐王朝忠心的诗作（《凝碧池》），加上弟弟王缙的求情，王维仅降职而得以免罪。兄弟同心，若干年后，王缙又因事被贬蜀州，王维写了一封《责躬荐弟表》，恳请解除自己的职务，将弟弟王缙调回京城，希望与弟弟生死相依，写得情深意切，令人泣下：傥得同居，相视而没，泯灭之际，魂魄有依。可见兄弟感情之深。

18 李白

李白

姓名

姓李，名白，字太白

年代

唐代

身份

“诗仙”

代表作

《静夜思》《蜀道难》《梦游天姥吟留别》《将进酒》《早发白帝城》《望庐山瀑布》等

李白（701—762），字太白，号青莲居士，又号“谪仙人”，中国文学史上继屈原之后又一位伟大的浪漫主义诗人。唐文宗曾下诏以李白歌诗、裴旻剑舞、张旭草书为三绝，因为这三者都是追求浪漫个性的代表。

李白经历坎坷，思想复杂，是一个天才诗人，其为人爽朗大方，爱饮酒作诗，喜欢交朋友，兼有游侠、刺客、隐士、道人、策士的气质。李白被后人誉为“诗仙”，与杜甫并称为“李杜”，代表了唐代诗歌乃至中国古代诗歌的最高成就，在中国文学史上有着不可替代的地位。

轶闻趣事

李白曾经和蜀中好友吴指南一同游于楚地，吴指南不幸死于洞庭湖之上，李白伤心得伏在友人遗体上痛哭，并就近将友人葬在了洞庭湖湖畔，才前往金陵（今南京）游历。多年之后，李白回到埋葬好友的地方，看到他的筋骨还在，就用刀亲自洗削尸骨，包裹好了带在身边，一直带到了武昌城东下葬。这就是李白剔骨葬友的故事。

名句

举头望明月，低头思故乡。

蜀道难，难于上青天。

大鹏一日同风起，扶摇直上九万里。

长风破浪会有时，直挂云帆济沧海。

黄河之水天上来，奔流到海不复回。

安能摧眉折腰事权贵，使我不得开心颜？

天生我材必有用，千金散尽还复来。

为什么叫李白“谪仙人”？

谪仙，原指神仙被贬入凡间，用来称赞那些才情高超、清越脱俗的道家人物。据说当时的文坛领袖贺知章（659—约744）读到李白的《蜀道难》时，觉得文字潇洒出尘，很是惊艳。贺知章少年成名，为人旷达不羁，作诗亦气度雍容，清新潇洒。贺知章的诗以绝句见长，《咏柳》《回乡偶书》千古传诵。贺知章与以“孤篇横绝全唐”的《春江花月夜》作者张若虚、草圣张旭及诗人包融合称“吴中四士”。这样的一位诗坛前辈果然独具慧眼，发现了李白非等闲之辈。贺知章觉得李白的诗写得太好了，甚至怀疑李白不是俗子凡胎，是太白金星转世，仙人下凡，于是称李白为“谪仙人”，因为他觉得普通人没有如此非凡的才华。李白“谪仙人”的名号也就传开了。李白和贺知章经常约酒，两人都名列“饮中八仙”。贺知章

南宋·梁楷《李白行吟图》

去世后，李白还写了两首诗来怀念他（《对酒忆贺监二首》）。

李白诗中常综合运用想象、夸张、比喻、拟人等手法，从而造成神奇异彩、瑰丽动人的意境，所以李白的浪漫主义诗作呈现出豪迈奔放、飘逸若仙的风格。后人也往往用“鬼出神入”“天仙之辞”“天才纵逸”等来形容其诗。

李白和杜甫是好朋友吗？

盛唐是诗人的时代，中国诗歌史上的两座高峰在此相遇，并诗酒唱和。李白和杜甫可以说是好朋友，他们见过三次面。744年，李白因为被唐玄宗“赐金放还”，路过洛阳时，遇到了正要去长安博取功名的杜甫。两人一见如故，相见恨晚，相约下次梁宋（今天的河南开封、商丘一带）再聚，同游名山。这年秋天，他俩如期会面。同时见面的还有另一位大诗人高适。天宝四年（745）秋天，李白与杜甫在东鲁第三次见面，当年冬天，二人分别，李白写了《鲁郡东石门送杜二甫》送杜甫，杜甫回到洛阳后给李白写了《冬日有怀李白》。李白给杜甫又寄有《沙丘城下寄杜甫》一诗。从此二人就再也没有见面。杜甫非常仰慕李白的才华，他称赞李白“白也诗无敌，飘然思不群”“笔落惊风雨，诗成泣鬼神”。

李白写诗好是因为能喝酒吗？

诗和酒关系密切，“酒”是中国古代诗歌的关键词之一，诗酒相伴，是历代文人的共识之一。闻一多就曾说“痛饮酒，熟读离骚，方乃成为名仕”。李白更是嗜酒，他自述“三百六十日，日日醉如泥”（《赠内》）。可以说，诗歌和醉酒都是热烈感情的产物。诗歌是语言艺术，是用不寻常的组合方式使语言呈现出不同寻常的魅力，这一点和酒使人产生的非逻辑性、与现实生活脱离、想象力不受拘束的状态有一定的相似性。根据郭沫若先生的统计，李白诗中饮酒诗占诗作总数的16%（《李白与杜甫》）。李白也自称“酒中仙”，杜甫《饮中八仙歌》：“李白斗酒诗百篇，长安市上酒家眠。天子呼来不上船，自称臣是酒中仙。”所以，诗和酒在李白这里是互相成就的。他的诗风

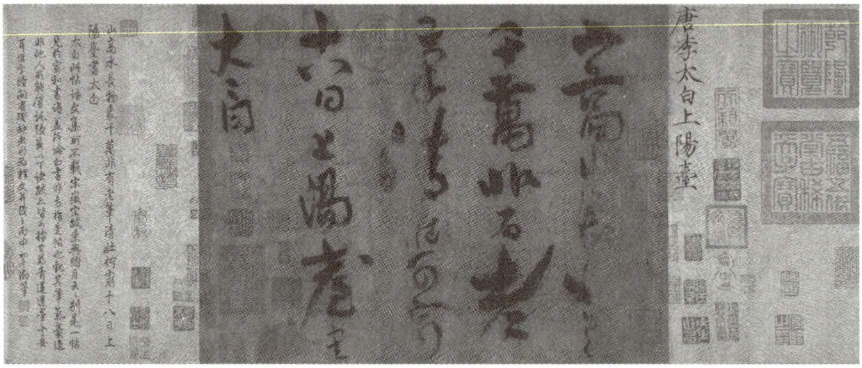

唐·李白《上阳台帖》 上为李白书自咏四言行草诗，也是其唯一传世的书法真迹

天马行空，想象奇异，朱熹曾说“杜诗可学，李诗不可学”，也是因为杜诗有法可依，而李白的诗风不可捉摸，这是否也和李白爱喝酒作诗有关系呢？但是杜甫也爱喝酒啊，还常常借钱买酒：酒债寻常行处有（《曲江二首》其一）。都是喝酒，还是好朋友，诗风为何差别这么大呢？诗圣杜甫喝与不喝都在想着国家、人民，家庭琐事；而诗仙李白喝与不喝都在关心星辰大海，霓裳羽衣。如果从这一点上说李诗高于杜诗（当然，李杜诗歌究竟谁更高历来就是个有争议的话题），那么李白写诗好或许还真和喝酒有关。

19 杜甫

杜甫

姓名

姓杜，名甫，字子美

年代

唐代

身份

“诗圣”

代表作

《望岳》《登高》《茅屋为秋风所破歌》；“三吏”“三别”等

杜甫（712—770），字子美，自号少陵野老，唐代伟大的现实主义诗人，出生于河南巩县，原籍湖北襄阳。

为了与另两位诗人李商隐与杜牧即“小李杜”区别，李白与杜甫又合称“大李杜”，杜甫也常被称为“老杜”。杜甫忧国忧民，人格高尚，诗艺精湛，他在诗歌中展现了儒家文化传统里最重要的品质与情怀，被后人称为“诗圣”，他的诗多涉及社会动荡、政治黑暗、人民疾苦，被称为“诗史”。因曾做过左拾遗、工部员外郎，后世称其为杜拾遗、杜工部。杜甫曾在长安城南少陵居住，在成都时的居所称“成都草堂”，因此人们又称他杜少陵、杜草堂。唐代大文学家韩愈曾说：“李杜文章在，光焰万丈长。”

轶闻趣事

杜甫不仅是个“官二代”，年轻时还是个狂人。他曾给唐玄宗上过一个《进雕赋表》，称自己的才华不在汉代的文学大家扬雄、枚皋之下。有人劝他不要这样写，因为显得太不谦虚了。没想到杜甫却说：“余已谦之者再三矣！”（我已经非常谦虚了！）

名句

安得广厦千万间，大庇天下寒士俱欢颜！
为人性僻耽佳句，语不惊人死不休。
朱门酒肉臭，路有冻死骨。
读书破万卷，下笔如有神。
明日隔山岳，世事两茫茫。
无边落木萧萧下，不尽长江滚滚来。

“三吏”“三别”是什么？

“三吏”“三别”是杜甫的代表作。安史之乱时，杜甫从洛阳返回华州（今陕西省渭南市华州区）的途中，看到战乱给百姓带来的灾难，流离失所，生离死别，无家可归。在这种情况下还能忍辱负重，参军参战，他感慨万千，便奋笔创作了不朽的史诗——“三吏”（分别是《新安吏》《石壕吏》《潼关吏》，新安、石壕、潼关都是地名。前两处在河南境内，后一处在陕西境内。）和“三别”（分别是《新婚别》《垂老别》《无家别》，《新婚别》《垂老别》分别描述了新婚夫妇、老年夫妇的别离场景，《无家别》描写了战败归来的军人，无家可归，又应征重返战场的心酸场景）。

杜甫真的很忙吗？

是的，“杜甫很忙”虽然是网络恶搞，也反映了杜甫的真实生活。实际上杜甫的一生确实很忙。杜甫一生经历丰富，壮游、谋生、读书、战乱流离、思亲，同时身在江湖，心忧天下，一直惦记着国家大事。

35岁以前，是杜甫读书和壮游时期，也是他一生中最快意的时期。杜甫家庭环境优越，从小饱读诗书，7岁就作诗。除了读书学习之外，他也很顽皮，爬树打枣，满地乱跑。于良好的家庭条件，受到各种文化艺术熏陶，他看过公孙大娘舞剑，听过李龟年唱歌，欣赏过吴道子画展，还与很多社会名流有来往。旅游、考试也是生活必不可少的部分。除了关心国家大事，杜甫和当时的青年人一样，关心如何成仙。

从35岁到48岁（747—760），因为安史之乱，杜甫历尽艰辛。756年，他想去投奔已经是肃宗的太子李亨，途中不幸被叛军俘虏，押送到了长安。一起被俘的王维被严加看管，杜甫因为官小，没有被囚禁。次年，杜甫找机会逃出长安，终于投奔了肃宗，当上了言官“左拾遗”。后来又因为替宰相房琯说话，不再受重用。759年底，杜甫到达成都，开始“漂泊西南”的生活。770年冬，杜甫死在由长沙到岳阳的一条破船上。在这样颠沛流离的生活中，杜甫流传下来的诗有1400多首，另有散文和赋20余篇，可见其用力之勤，也难怪今人说“杜甫很忙”。

元·佚名　杜甫像

20 韩愈

韩愈

姓名

姓韩，名愈，字退之

年代

唐代

身份

政治家、文学家、思想家、哲学家；"唐宋八大家"之首

代表作

《论佛骨表》《师说》《进学解》

韩愈（768—824），字退之，河南河阳（今河南孟州）人，自称"郡望昌黎"，世称"韩昌黎""昌黎先生"。唐代中期官员，文学家、思想家、哲学家。晚年官至吏部侍郎，人称"韩吏部"。韩愈谥号"文"，故称"韩文公"。韩愈是唐代古文运动的倡导者，被后人尊为"唐宋八大家"之首，与柳宗元并称"韩柳"，有"文章巨公"和"百代文宗"之名。后人将其与柳宗元、欧阳修和苏轼合称"千古文章四大家"。

轶闻趣事

在中国文学史上，韩愈是自司马迁之后，对于汉语的创造能力、表达能力贡献最大的文人。我们现今用的很多成语，比如"不平则鸣""坐井观天""再接再厉"等都是从韩愈笔下出来的。据说，韩愈从35岁时牙齿就开始掉了，备受牙病之困，还写了一首《落齿》诗专门讲自己掉牙的事："去年落一牙，今年落一齿。俄然落六七，落势殊未已……"整首诗唠唠叨叨地讲他的牙齿如何了。韩愈的这首诗虽然不能称作是好诗，可是却大大拓宽了诗歌可以表达的范畴。

名句

李杜文章在，光焰万丈长。

书山有路勤为径，学海无涯苦作舟。

业精于勤，荒于嬉；行成于思，毁于随。

千里马常有，而伯乐不常有。

蚍蜉撼大树，可笑不自量！

师者，所以传道受业解惑也。

白雪却嫌春色晚，故穿庭树作飞花。

你知道哪些成语和名言是韩愈说的吗？

韩愈善于提炼词汇，创造了很多成语。如《进学解》一篇之中就有“业精于勤”“刮垢磨光”“贪多务得”“含英咀华”“佶屈聱牙”“同工异曲”“动辄得咎”“俱收并蓄”“投闲置散”“提要钩玄”“焚膏继晷”“闳中肆外”“啼饥号寒”等成语。名言如“书山有路勤为径，学海无涯苦作舟”“业精于勤，荒于嬉；行成于思，毁于随”“贪多务得，细大不捐”等等。

苏轼对韩愈的评价有多高？

苏轼在《潮州韩文公庙碑》（这是苏轼为韩愈祠写的碑文）中盛赞韩愈，其中有两句最著名：

匹夫而为百世师，一言而为天下法。

文起八代之衰，而道济天下之溺；忠犯人主之怒，而勇夺三军之帅。

前一句说韩愈以普通人（匹夫）而成为百代人的榜样，他的话为天下人效仿。后一句所论并非泛泛表扬，而是各有所本：“文起八代之衰”说的是韩愈倡导古文运动，排斥形式主义，重振文风；“道济天下之溺”指韩愈继承儒学道统，重整世风；“忠犯人主之怒”指韩愈敢于直言，如写《论佛骨表》

反对唐宪宗拜迎佛骨；“勇夺三军之帅”指有勇有谋，前往叛军大营，凭胆识与学识，不战而屈人之兵，做到了三军将帅都可能做不到的事。

《早春呈水部张十八员外》这首诗有什么故事？

《早春呈水部张十八员外》一共两首，是韩愈写给张籍的诗。张籍是韩愈大弟子，也是韩愈提拔上来的，两人亦师亦友。某天，韩愈邀请张籍去游春，考虑到两个人的关系，张籍应该欣然同意吧。可没想到张籍以公务为由拒绝了，于是韩愈写了这两首诗给他，第一首描绘初春景色的美好，第二首告诉他珍惜春光，不要说什么公务繁忙，年纪大了，要时时保持少年感，看看春色。想来张籍同志有点迂腐，老师来约也不给面子，看来古书中记载张籍为了学杜甫作诗，晚年竟将杜集烧成灰拌蜂蜜吃的轶事，未必是凭空捏造。张籍在同族兄弟中排行第十八，曾任水部员外郎，所以韩愈称他为张十八员外。

早春呈水部张十八员外

其一

天街小雨润如酥，草色遥看近却无。
最是一年春好处，绝胜烟柳满皇都。

其二

莫道官忙身老大，即无年少逐春心。
凭君先到江头看，柳色如今深未深。

21 刘禹锡

刘禹锡画像

刘禹锡

姓名

姓刘，名禹锡，字梦得

年代

唐代

身份

政治家、文学家、哲学家

代表作

《陋室铭》《竹枝词》《乌衣巷》《天论》等

刘禹锡（772—842），字梦得，籍贯河南洛阳，唐代大臣、文学家、哲学家。刘禹锡诗文俱佳，涉猎题材广泛，与柳宗元并称“刘柳”，与韦应物、白居易合称“三杰”，并与白居易合称“刘白”。刘禹锡的诗，大都简洁明快，风情俊爽，有一种哲人的睿智和诗人的挚情渗透其中，表达了对历史、人生进行沉思之后的感悟。诗境开阔，超越时空，显示出深邃、超迈的历史感，极富艺术张力和雄直气势，有“诗豪”之称。

轶闻趣事

刘禹锡曾与柳宗元等人一起参加王叔文变法，失败后被贬到偏远的朗州（今属湖南常德）。十年后，刘禹锡从朗州调回京都，因为看不惯京城里那些阿谀奉承之辈，作《游玄都观》诗以讽刺：“玄都观里桃千树，尽是刘郎去后栽。”这些树都是我走了才栽的，言下之意，讽刺一些人都是靠阿谀奉承才升官的。那些被讽刺的人看到这首诗，给他定一个“诗语讥忿”的罪名，说他不好好写诗，总写诗来讽刺别人，于是刘禹锡又被贬到更远的连州（今广东连州）。十四年后，刘禹锡再度回到京城长安，玄都观已物是人非，他又作了一首《再游玄都观》：“百亩园中半是苔，桃花净尽菜花开。种桃道士归何处，前度刘郎今又来。”意思是，你们这些“桃花”去哪里了？桃花换成菜花，而我刘郎始终都在。我打不死的小强又回来了——“诗豪”绝非浪得虚名，始终充满了斗志啊。

名句

旧时王谢堂前燕，飞入寻常百姓家。

名不顺则言不正，言不正则事不行。

千淘万漉虽辛苦，吹尽狂沙始到金。

唯有牡丹真国色，花开时节动京城。

东边日出西边雨，道是无晴却有晴。

沉舟侧畔千帆过，病树前头万木春。

山不在高，有仙则名。谈笑有鸿儒，往来无白丁。

元・赵孟頫书《陋室铭》全文

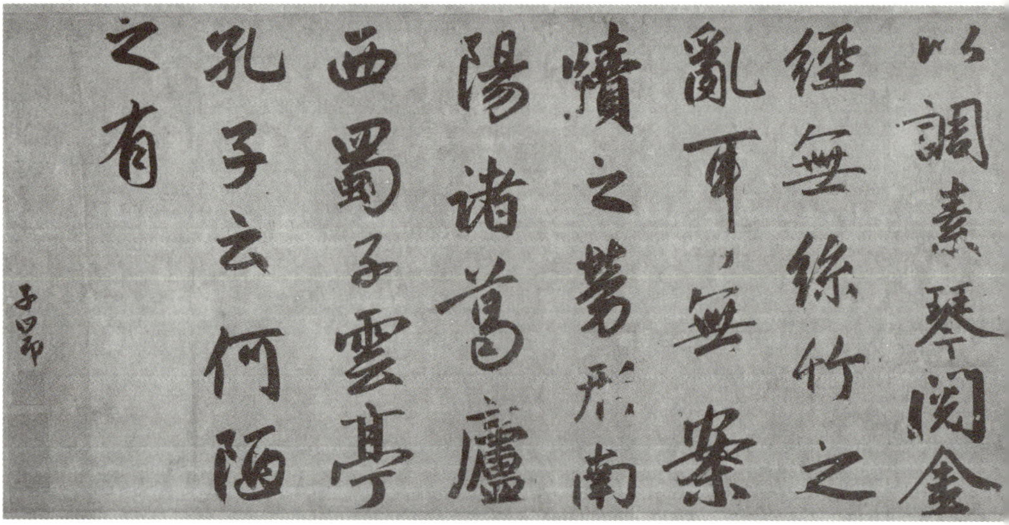

刘禹锡除了写诗，还干什么了？

除了吟诗作文之外，刘禹锡还是兼职的医生，对医药学颇有研究。小时候他经常生病，经常要看医生、吃药。刘禹锡喜欢读书，也开始留意医学书。正印证了俗语“久病成医”，他自己也成了医学家，不仅亲自问诊治病，还参加编纂了医学著作。学医药学的同时，他的思想也逐渐转向唯物主义，成为了哲学家，所作《天论》三篇分析“天命论”产生的根源，论述天的物质性。当然，和大多数文人一样，他也是政治家，和好兄弟柳宗元一起参与永贞革新，可惜不到200天就失败了。

“司空见惯”与刘禹锡有什么关系？

刘禹锡在苏州刺史任内，与曾任司空的李绅（《悯农》作者）交好。李绅邀他去饮酒，还请了歌伎即席作陪。刘禹锡有所感而作诗一首，其中有这样四句：“高髻云鬟官样妆，春风一曲杜韦娘。司空见惯浑闲事，断尽江南刺史肠。”意思是说，李司空见惯了歌伎作陪的场景，听歌也不动感情了，我刘禹锡对此却很有感触，甚至有断肠刻骨之痛。后来就用“司空见惯”形容某事常见，不足为奇。

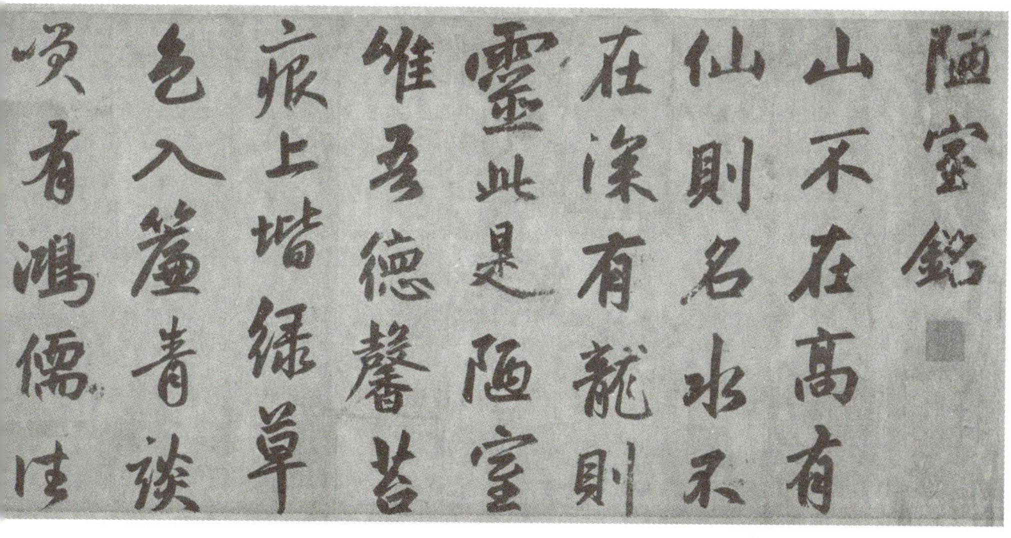

22 白居易

白居易画像

白居易

姓名

姓白，名居易，字乐天

年代

唐代

身份

政治家；“诗魔”“诗王”

代表作

《长恨歌》《卖炭翁》《琵琶行》《赋得古原草送别》《钱塘湖春行》《忆江南》等

白居易（772—846），字乐天，号香山居士，又号醉吟先生，祖籍山西太原，出生于河南新郑。白居易是唐代伟大的现实主义诗人，有“诗魔”和“诗王”之称。白居易与元稹共同倡导新乐府运动，世称“元白”，与刘禹锡并称“刘白”。

白居易的诗歌题材广泛，形式多样，语言平易通俗，流传很广，在日本影响很大，日本人心目中唐代诗歌的风云人物是白居易。此外，根据大数据统计，白居易是唐代诗人中现存诗作最多的人，有近3000首。

轶闻趣事

白居易很刻苦，为了考进士拼命读书。他白天写赋，晚上背书，抽空学诗，没工夫睡觉。结果必然是免疫力下降，以及接连不断的口腔溃疡。他自己回忆说，当时他的胳膊肘在桌上蹭出了老茧，20多岁，皮肤干巴没有光泽，牙齿坏了，头发白了，眼睛也出了问题，总感觉有蚊子在眼前飞。功夫不负有心人，少年成名的白居易再次进京赶考，获得了全国第四名的好成绩。进士科特别难考，有“五十少进士”一说，就是说您五十岁考上进士，都算年轻呢！白居易当年29

岁，他有句诗："慈恩塔下题名处，十七人中最少年。"这一年中了十七个进士，数白居易年纪最小。

名句

平易近人，人心归之。

在天愿作比翼鸟，在地愿为连理枝。

此时无声胜有声。

千呼万唤始出来，犹抱琵琶半遮面。

回眸一笑百媚生，六宫粉黛无颜色。

试玉要烧三日满，辨材须待七年期。

白居易最好的朋友是谁?

元稹。他们的诗歌理论观点相近，共同提倡新乐府，常常一起喝酒，一起作诗。有时两人分处异地，就在梦中相见，写信互相鼓励和慰藉，并发明了"邮筒传诗"——就是把诗稿放在竹筒里寄给对方。如白居易所说，两人终其一生都是友情极其深厚的"文友诗敌"。白居易有诗写道："所得惟元君，乃知定交难。"白居易表达文学主张的重要文章《与元九书》，就是写给元稹的信，是与元稹讨论、切磋的成果。当然，元稹也很给力，为白居易编了《白氏长庆集》五十卷，还亲自写了序。"元白"组合，后来也成了诗友的泛称。

白居易的诗为什么通俗易懂?

白居易的诗浅显平易，流传极广。他认为诗必须通俗易懂，便于世人理解和记忆，这样才能反映现实。据说他每写完一首诗，就请一个老妇人来听。如果老妇人能懂，就把诗抄录出去流传；如果老妇人不懂，就继续修改。这就是“白居易写诗，老妪能解”的典故。

《赋得古原草送别》是命题作文吗？

是的。写这首诗的时候白居易16岁，这首诗是他为了参加科举考试的习作，也就类似于我们考试前做的模拟试卷。“赋得”就是为了考试指定、限定的诗题，这类诗规矩很多，很少有佳作。据说，白居易拿了这首诗去拜访当时的名士顾况（也是位诗人）。顾况看到白居易的名字，就开了个玩笑：“长安米很贵，生活不容易啊！”（米价方贵，居亦弗易）可是当顾况读到“野火烧不尽”二句时，不禁大为赞赏：“能写出这样的诗，生活很容易啊！”还四处向人推荐这首诗，这首诗就流行开来了，直到今天，还常常出现在试卷上。

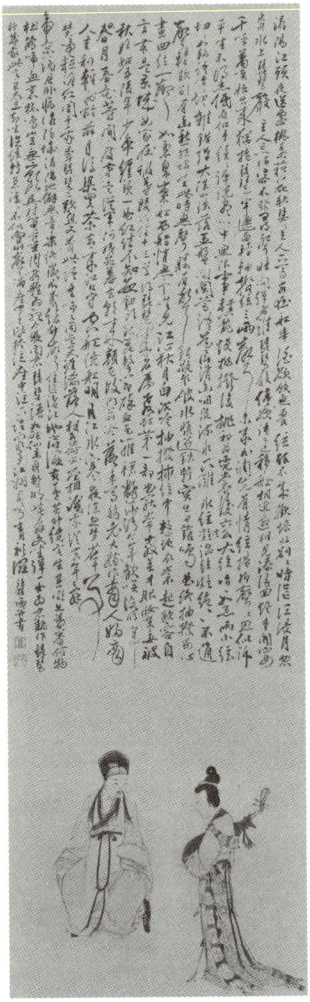

明·郭诩《琵琶行图轴》

23 柳宗元

柳宗元画像

柳宗元

姓名

姓柳，名宗元，字子厚

年代

唐代

身份

文学家、哲学家、散文家、思想家

代表作

《江雪》《渔翁》《永州八记》《黔之驴》《捕蛇者说》《种树郭橐驼传》等

柳宗元（773—819），字子厚，河东（今山西运城永济一带）人，唐宋八大家之一，唐代文学家、哲学家、散文家和思想家，世称“柳河东”“河东先生”，因官终柳州刺史，又称“柳柳州”。其文与韩愈并称为“韩柳”，其诗与韦应物并称“韦柳”，与王维、孟浩然、韦应物并称“王孟韦柳”。

柳宗元与刘禹锡经历相近，两人友情甚笃，并称“刘柳”。柳宗元一生留下诗文作品达600余篇，其文的成就大于诗。他的散文论说性强，笔锋犀利，讽刺辛辣。游记写景状物，多所寄托。

柳宗元的《江雪》是其代表性诗作，被誉为“唐诗最佳”之作，也被称为最孤独的诗。柳宗元不仅诗写得好，散文也写得特别好，代表性作品有“永州八记”。

轶闻趣事

柳宗元在任柳州刺史的时候去世了。柳州人民为了纪念他，在罗池旁建立了庙宇，当时称为“罗池”。好朋友韩愈写了《柳州罗池庙碑》，所附的《迎享送神诗》，后经苏轼亲笔书写，南宋年间刻碑于罗池。该碑因句首有“荔子丹兮蕉黄”而被称为“荔子碑”。该碑集三大家之韩文（韩愈的文章）、苏书（苏轼的书法）、柳事（柳宗元的事迹）于一身，世所罕见，故又称“三绝碑”。

名句

千山鸟飞绝，万径人踪灭。

烟销日出不见人，欸乃一声山水绿。

宁为有闻而死，不为无闻而生。

相与背驰于道者，其去弥远。

柳宗元的好朋友是谁？

刘禹锡。柳宗元与刘禹锡同年中进士（分别是21岁、22岁），一起当官，一起参加永贞革新（分别是33岁、34岁），都被贬南荒，两个人的友情亦感动文坛。二人因政治事件一同被贬，虽然都身处贬谪之地，一直写信互相鼓励。短暂回京后刘禹锡因写诗又被贬,据说因为他，柳宗元也又被贬。刘禹锡被贬到播州（贵州遵义），柳宗元被贬到柳州。因为刘禹锡家有年迈的老母亲，而播州条件特别艰苦，柳宗元担心刘禹锡的老母亲在那样的环境下不能长久，就向朝廷请求和刘禹锡交换被贬地，他去播州，让刘禹锡带着老母亲去条件稍好一点的柳州。后来刘禹锡被改贬到条件比播州好点的连州做刺史。柳宗元在柳州病逝，刘禹锡知道消息嚎啕大哭，为柳宗元送葬，像对待亲儿子一样抚养柳宗元六岁的儿子，还为柳宗元编纂了《柳河东集》。

“永州八记”都有哪些？

“永州八记”是柳宗元被贬为永州司马时，借写山水游记抒发胸中愤郁的一组散文。实际上柳宗元写的山水游记中还有一记，即《游黄溪记》，由于前八记都在永州城郊，历代文人游赏较多，故称“永州八记”。“永州八记”包含《始得西山宴游记》《钴鉧潭记》《钴鉧潭西小丘记》《至小丘西小石潭记》《袁家渴记》《石渠记》《石涧记》《小石城山记》。

24 杜牧

杜牧画像

杜牧

姓名

姓杜，名牧，字牧之

年代

唐代

身份

诗人、军事家

代表作

《阿房宫赋》《感怀诗》《过华清宫绝句》《江南春》《泊秦淮》《山行》等

杜牧（803—852），唐代文学家。京兆万年（今陕西西安）人，字牧之，杜佑之孙。晚年长居樊川别业，世称杜樊川。杜牧年轻时有济世经国的远大抱负，但因性情耿直，官场险恶，仕途上颇不得意，晚年逐渐变得消极保守。杜牧诗、文均有盛名。杜牧之文开宋文明白晓畅之先河，奠定了骈散结合的文赋基础，以《阿房宫赋》最为著名。其诗作明丽隽永，绝句诗尤受人称赞，与李商隐齐名，合称“小李杜”，有诗文集《樊川文集》。

轶闻趣事

杜牧的祖父杜佑，唐德宗时曾为宰相，也是《通典》的作者，杜牧的起点不可谓不高。这样的家世，家中藏书肯定是少不了的。杜牧继承杜氏家族藏书，很引以为傲，还写了一首相当凡尔赛的诗：“旧第开朱门，长安城中央。第中无一物，万卷书满堂。”杜牧很喜欢读书，自称阅遍经史，读尽文豪：“经书括根本，史书阅兴亡。高摘屈宋艳，浓薰班马香。李杜泛浩浩，韩柳摩苍苍。”屈原、宋玉、班固、司马迁、李白、杜甫、韩愈、柳宗元，统统一网打尽，豪情壮志可见一斑。

名句

一骑红尘妃子笑，无人知是荔枝来。

借问酒家何处有，牧童遥指杏花村。

江东子弟多才俊，卷土重来未可知。

商女不知亡国恨，隔江犹唱后庭花。

秦人不暇自哀，而后人哀之；后人哀之而不鉴之，亦使后人而复哀后人也。

你背过多少首杜牧的诗?

李商隐与杜牧并称“小李杜”，二人之诗作也各有千秋。李商隐以富丽精工、含蓄杳渺的七律独树一帜，杜牧则以清爽俊逸、韵味隽永的七绝自成一格。杜牧的七绝题材广泛，怀古咏史、针砭时弊、写景抒情、酬唱赠答、状物咏人，都能体现出自己的风格，给后人的课本里留下了太多需要背诵的篇章:《清明》《山行》《秋夕》《赤壁》《遣怀》《登乐游原》《泊秦淮》《题乌江亭》……看一看，你还背过哪些杜牧的诗?

杜牧还是军事家?

是的，杜牧不仅仅是著名的诗人，他还是位军事家。他十几岁的时候，正赶上唐宪宗讨伐藩镇，振作国事。杜牧在读书之余，也开始关心军事。他喜欢读兵书，研究兵法，写过十三篇《孙子》注解及《罪言》《战论》《守论》等军事论文，纵横设辩，文势充沛。司马光的《资治通鉴》收入了杜牧对时局的看法，并引用了杜牧这些军事论文，可见杜牧这些军事论文对于总结历史经验教训的价值。杜牧并非仅仅纸上谈兵，会昌三年（843），多次为宰相李德裕出谋划策平叛，被李德裕采纳，大获成功。

25 李商隐

李商隐

姓名

姓李，名商隐，字义山

年代

唐代

身份

诗人

代表作

《乐游原》《无题》《锦瑟》《夜雨寄北》《嫦娥》等

李商隐（约813—约858），字义山，号玉豁生，怀州河内（今河南沁阳）人。晚唐著名诗人，和杜牧合称“小李杜”。李商隐又与李贺、李白合称“三李”。与温庭筠合称为“温李”。李商隐因卷入“牛李党争”的政治旋涡，备受排挤，一生困顿不得志。李商隐擅长诗歌写作，是晚唐乃至整个唐代，为数不多的刻意追求诗美的诗人。其诗构思新奇，风格秾丽，尤其是一些爱情诗和无题诗写得缠绵悱恻，优美动人，广为传诵。

轶闻趣事

李商隐对后世文坛影响很大，北宋初年的杨亿、刘筠等人学习李商隐的风格，创立了“西昆体”，但是西昆体的末流往往只是形式上生吞活剥李商隐的诗句，而没有真正掌握李商隐诗歌的艺术内涵。于是当时有优人（演员）穿着破烂的衣服扮演李商隐对别人诉苦：杨亿他们活生生撕破了我的衣服啊！以此来讽刺对李商隐的简单粗暴的模仿甚至剽窃，引得观众大笑。

名句

春蚕到死丝方尽，蜡炬成灰泪始干。

身无彩凤双飞翼，心有灵犀一点通。

历览前贤国与家，成由勤俭败由奢。

桐花万里丹山路，雏凤清于老凤声。

夕阳无限好，只是近黄昏。

李商隐是白居易的偶像吗？

是的。李商隐才华横溢，当时名气很大。据说，白居易虽然比李商隐年长，但是他晚年非常喜爱李商隐的诗文，甚至说：“我死后，转世能当你的儿子就满足了。”白居易去世的几年后，李商隐果真生了个儿子，就给这个儿子起名为“白老”。可是白老长大后，非常鄙陋迟钝，温庭筠跟他开玩笑说：“把你当作白侍郎的转世之身，太尴尬了吧。”后来李商隐又生了个儿子，起名叫衮师，聪明过人，李商隐很高兴，还写了《娇儿诗》，夸赞了衮师的聪明。

李商隐的诗为什么这么“晦涩难懂”？

李商隐的诗常常晦涩难懂，大致有两个原因。一个原因是他的诗作往往朦胧多意，不想直说，也不方便直说，表达情感隐约曲折，用象征、暗示、比兴等手法织就了错综复杂的“网”，可能他自己也说不清写了啥，很多诗干脆就叫“无题”。另一个原因是李商隐爱罗列典故，这也是出了名的，时人谓之“獭祭鱼”，说的是李商隐爱用典故就像獭爱堆积很多吃剩的鱼，消化不了啊。元好问的诗说的好：“诗家总爱西昆好，独恨无人作郑笺。”大家都喜欢李商隐的诗，只是可惜没有人来解释，很难懂啊。

宋

26 范仲淹

范仲淹画像

范仲淹

姓名

姓范，名仲淹，字希文

年代

宋代

身份

政治家、军事家、文学家

代表作

《岳阳楼记》《灵乌赋》《渔家傲·秋思》《苏幕遮·怀旧》等

范仲淹（989—1052），字希文，祖籍邠州（今属陕西），后移居苏州吴县。范仲淹文武兼备、智识过人，“慨然有志于天下”（苏轼），是北宋时期杰出的政治家、军事家、文学家和教育家。范仲淹幼年丧父，因母亲改嫁长山朱氏，遂更名朱说。范仲淹发起“庆历新政”，推行改革。病逝后，宋仁宗亲自书写碑额为“褒贤”，谥号“文正”，世称“范文正”。

范仲淹留下了很多脍炙人口的词作和文章，如《渔家傲》《苏幕遮》等，最知名的当属《岳阳楼记》，是千古传诵的名篇。范仲淹倡导的“先天下之忧而忧，后天下之乐而乐”的思想和仁人志士节操，对后世影响深远。

轶闻趣事

范仲淹名重当世，泽被后代，后世子孙因范仲淹免除了不少灾祸。传说明朝的时候，范仲淹的一个后代叫范希荣，不喜欢读书，擅长经商。有一次他在路上遇见了强盗，强盗问他的身份，范希荣说自己是范仲淹的后代，强盗竟肃然起敬，非但分文未取，还不断夸赞他是好人的后代，直接放了他。

名句

先天下之忧而忧，后天下之乐而乐。

宁鸣而死，不默而生。

不以物喜，不以己悲。居庙堂之高则忧其民，处江湖之远则忧其君。

碧云天，黄叶地，秋色连波，波上寒烟翠。

浊酒一杯家万里，燕然未勒归无计。

“断齑划粥”是什么意思?

“断齑（jī）划粥”是说切开捣碎的腌菜和凝结的粥，按定量来吃，形容贫苦力学。特指范仲淹青少年时代刻苦读书。范仲淹幼年丧父，家境贫寒，但是艰难的生活环境没有磨灭他求学的热情和决心。他用小米煮粥，隔夜粥凝固后，用刀切为四块，早晚各食两块，再切一些腌菜佐食。成年后，范仲淹又到应天书院刻苦攻读，冬天读书疲倦犯困时，就用冷水洗脸；没有东西吃时，就喝稀粥度日。一般人不能忍受的困苦生活，范仲淹却从不叫苦。

后人都怎么看范仲淹?

范仲淹可以说是宋代第一位有远见卓识的改革家，他在朝主政，出边统兵，写诗作文，主张“宁鸣而死，不默而生”（《灵乌赋》），忧国忧民，心怀天下。“居庙堂之高则忧其民，处江湖之远则忧其君”，“不以物喜，不以己悲”，这些话都成为了中国文人的座右铭，范仲淹也成为了中国知识分子的榜样。后人对其评价很高，摘录如下：

王安石：一世之师，由初起终，名节无疵。

黄庭坚：范文正公，当时文武第一人。

苏轼：出为名相，处为名贤；乐在人后，忧在人先。经天纬地，阙谥宜然，贤哉斯诣，轶后空前。

朱熹：天地间气，第一流人物。

《宋史》：每感激论天下事，奋不顾身，一时士大夫矫厉尚风节，自仲淹倡之。

毛泽东：中国历史上有些知识分子是文武双全，不但能够下笔千言，而且是知兵善战。范仲淹就是这样的一个典型。

元·夏永《岳阳楼图》

27 欧阳修

欧阳修

姓名

姓欧阳，名修，字永叔

年代

宋代

身份

政治家、文学家、书法家、史学家

代表作

《五代史·伶官传序》《醉翁亭记》《秋声赋》《生查子·去年元夜时》《蝶恋花·庭院深深深几许》《戏答元珍》等

欧阳修（1007—1072），字永叔，号醉翁，晚号六一居士，吉州永丰（今江西吉安永丰）人。北宋政治家、文学家。欧阳修谥号“文忠”，故世称“欧阳文忠公”。

欧阳修是在宋代文学史上最早开创一代文风的文坛领袖，与韩愈、柳宗元、苏轼、苏洵、苏辙、王安石、曾巩合称“唐宋八大家”。欧阳修领导了北宋诗文革新运动，继承并发展了韩愈的古文理论。欧阳修在变革文风的同时，也对诗风、词风进行了革新，提倡以反映现实之诗代替无病呻吟之作。

在史学方面，欧阳修也有较高成就，曾主修《新唐书》，并独撰《新五代史》。

农学方面，欧阳修对洛阳牡丹的栽培历史、种植技术、品种、花期以及赏花习俗等作了详尽的考察和总结，撰写了《洛阳牡丹记》一书，是历史上第一部具有重要学术价值的牡丹专著。

轶闻趣事

欧阳修曾对谢绛说：“我平生所作的文章，多半在‘三上’，即马上、枕上、厕上。因为只有这样才可以好好构思啊。”

名句

醉翁之意不在酒，在乎山水之间也。

忧劳可以兴国，逸豫可以亡身，自然之理也。

月上柳梢头，人约黄昏后。

祸患常积于忽微，智勇多困于所溺。

欧阳修为什么号“六一居士”？和儿童节有关系吗？

欧阳修《六一居士传》记载：客有问曰：“六一，何谓也？”居士曰：“吾家藏书一万卷，集录三代以来金石遗文一千卷，有琴一张，有棋一局，而常置酒一壶。”客曰：“是为五一尔，奈何？”居士曰：“以吾一翁，老于此五物之间，是岂不为六一乎？”（有人问欧阳修，“六一”是什么意思。欧阳修说：我家有藏书一万卷，集录的古代器物上的文字拓本有一千卷，古琴一张，围棋一局，还配了一壶酒。这人又问：这是五个一啊，不是六个啊？估计欧阳修早料到有这一问：我这一个老头子，在五中老去，不就是六个一吗？）

六一：藏书一万卷，金石遗文一千卷，琴一张，棋一局，酒一壶，一老翁（指欧阳修），一共是六个一，所以欧阳修号六一居士。和我们的六一儿童节没关系哈。

欧阳修作为北宋文坛盟主，门生遍天下，知名的都有谁？

欧阳修担任礼部贡举的主考官，主持进士考试，提倡平实文风，录取苏轼、苏辙、曾巩等人，可以说苏轼等人都与欧阳修有师生之谊。欧阳修对有真才实学的后生极尽赞美，竭力推荐，堪称千古伯乐。张载、程颢、吕大钧等旷世大儒，包拯、韩琦、文彦博、司马光等名臣，都得到过他的激赏与推荐。“唐宋八大家”中宋代的五人（苏轼、苏洵、苏辙、王安石、曾巩）均出自他的门下，而且都是以布衣之身被他相中、提携而名扬天下。

“画荻教子”的故事跟欧阳修有什么关系？

“画荻教子”是指欧阳修的母亲用荻在地上书写，教他读书认字。用以称赞母亲教子有方。

欧阳修4岁时父亲就去世了，家境贫寒，没有钱供他读书。他的母亲郑氏出身江南名门望族，知书识理，是受过教育的大家闺秀。郑氏用荻秆（芦秆）当笔在沙地上写画，教他写字，还教他诵读许多古人的篇章。到他年龄大些了，家里没有书可读，郑氏便就近到读书人家去借书来读。就这样欧阳修夜以继日、废寝忘食地读书，从小写的诗文水平就很高了。

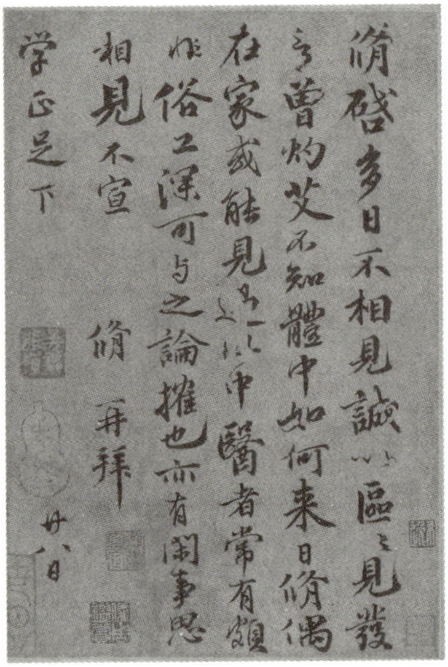

北宋·欧阳修 《灼艾帖》局部

28 司马光

司马光

姓名

姓司马，名光，字君实

年代

宋代

身份

政治家、史学家、文学家

代表作

《资治通鉴》《训俭示康》

司马光（1019—1086），字君实，号迂叟，陕州夏县涑水乡（今山西夏县）人，世称涑水先生。北宋政治家、史学家、文学家。主持编纂了编年体通史《资治通鉴》。全书共二百九十四卷，从战国初期韩、赵、魏三家分晋（前403）写起，一直写到五代（后梁、后唐、后晋、后汉、后周）末年赵匡胤（宋太祖）灭后周以前（959），一共1362年。

轶闻趣事

司马光7岁的时候，就不时表现出成年人的稳重。一天，他和几个小伙伴儿在庭院里面玩耍，一个小孩儿失足掉进缸（一说是瓮）里积水中，大家都喊叫着吓跑了，司马光却很冷静，拿起石头把缸打碎，缸里的水流出来，小孩子就得救了。

名句

由俭入奢易，由奢入俭难。

用人如器，各取所长。

读重要之书，不可不背诵。

正心以为本，修身以为基。

与其得小人，不如交愚人。

司马光是个什么样的人？

我们都知道司马光砸缸救人的故事（虽然是缸是瓮，大家还在讨论），这也反映了司马光从小正直善良、热心助人的品质。司马光还特别讲究诚信。大概在五六岁时，有一次，他要给胡桃去皮，但剥不掉，姐姐想帮他，也剥不掉，就离开了。最后是一位婢女帮他去了皮。姐姐回来，便问："谁帮你做的？"他欺骗姐姐说是自己做的，父亲便训斥他撒谎。司马光从此不敢说谎，后来还把这件事写下来，策励自己。后人评价他："司马光一生以至诚为主，以不欺为本。"此外，司马光还很勤奋。据说他写《资治通鉴》时，天天忙到深夜，凌晨又开始写。他怕睡过了头，就睡在一个光滑的圆木枕上，只要一翻身，头便落下来，自己也被惊醒，就继续工作，这种枕头后来叫"警枕"。就这样，司马光用尽毕生心血主持编撰了中国最大的一部编年体史书——《资治通鉴》，该书完成不到两年，司马光就因积劳成疾去世了。

司马光和王安石是好朋友吗？

司马光和王安石性格都比较耿直，本来两人是相互欣赏的。但是因为王安石要变法这件事，两人在朝廷上水火不容，连同朝为官都不可能：王安石在朝，司马光退隐；司马光拜相，王安石下野。司马光连续给王安石写了三封信，批评王安石，并劝他放弃变法。王安石反而更加坚定了变法的决心，他的第二封回信就是著名的驳论文章《答司马谏议书》，对司马光加给他的五个罪名逐一作了反驳，并批评司马光因循守旧，言辞犀利，针锋相对。但司马光与王安石都是光明磊落之人，他们都胸怀国家大事，不会因私交动摇他们的政治见解，影响对国家大事的关注。虽然政见不同，但是当宋神宗问司马光是否要将王安石罢相时，司马光并未落井下石，还赞美了王安石一番，说他嫉恶如仇、襟怀坦荡、忠直耿介，有古君子之风。从这个意义上，司马光是理解王安石的，两个人可以算是“貌离神合”，都是为国家前途努力的人。

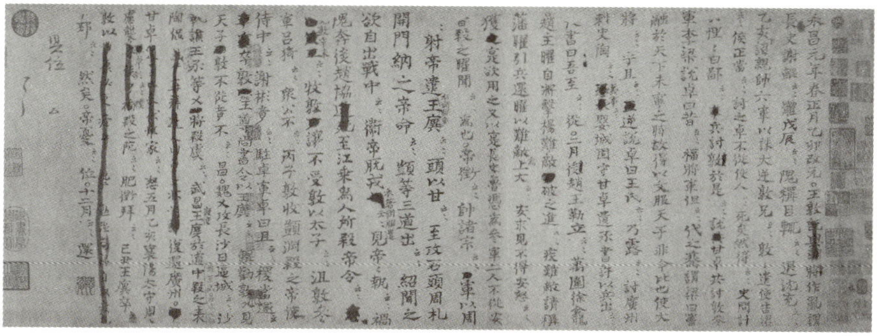

宋·司马光《资治通鉴》残稿

29 曾巩

曾巩画像

曾巩

姓名

姓曾，名巩，字子固

年代

宋代

身份

文学家、史学家、政治家

代表作

《醒心亭记》《游山记》《墨池记》

曾巩（1019—1083），字子固，江西抚州南丰人，后居临川，北宋文学家、史学家、政治家。曾巩祖父曾致尧、父亲曾易占皆为北宋名臣。曾巩天资聪慧，记忆力超群，幼年读诗书，脱口能吟诵，十二岁即能写得好文章。曾巩为政廉洁奉公，勤于政事，关心民生疾苦。他的文学成就突出，特别是其散文“古雅、平正、冲和”，使其位列“唐宋八大家”，世称“南丰先生”，被朱熹赞为“醇儒”。相对来说，曾巩的知名度较低，所以又被人戏称为唐宋八大家里的透明人。

轶闻趣事

曾巩在福州任职期间，曾提出一个观点，那就是：当官的不能与百姓争好处。当时，地方官除了正常的工资外，还可以经营朝廷拨给的“职田”来获利。拨给福州州官的是一个大菜园。每年官府的蔬菜大量上市，扰乱了市场，导致菜价越来越低，老百姓“卖菜难”。曾巩了解这一情况后，便说：“太守与民争利，可乎？”这样不行啊，不能和百姓抢市场。随后便取消了这个“富官伤农”的菜园子。

名句

治国家天下之道，必本于学。

积其小者，必至于大；积其微者，必至于显。

为治有道，生民有常业。

解把飞花蒙日月，不知天地有清霜。

曾巩天资聪颖，为什么39岁才中进士？

曾巩出身于儒学世家，天资聪颖又勤奋好学，12岁就写得好文章。但是他的科举之路相当坎坷。18岁（1036年）时第一次考进士失败，后来因为父亲丢了官回老家，又要承担家庭重负，操持家业，下田干活。估计是农活太忙以致复习准备时间不足，1041年考进士又落了榜。再加上他擅长策论（议论时政的文章），轻视应举时文（讲究声律对偶的应试文章），因此总也考不上。这次考试后，虽然落榜了，但他结交了很多大咖，从此文名轰动天下。1047年，曾巩的父亲去世了，他只好辍学回到家乡，侍奉继母。曾巩孝顺长辈，友爱兄弟，抚育4个弟弟、9个妹妹，为了维持生计，曾巩四处打工，但他仍未放弃学习，放弃科举考试。终于，1057年，欧阳修主持会试，坚持主要考古文、策论，这正是曾巩的长项，才考中了进士。

曾巩散文的艺术特色是什么？

曾巩散文的艺术特色如下：一是章法严谨，层次分明，剪裁巧妙，安排妥当。二是说理透彻，心平气和。三是博引古今，迂回百折，具有强烈的立体感和历史感。四是语言朴素自然，温厚典雅，舒晓畅达，文情并茂。

30 王安石

王安石

姓名

姓王，名安石，字介甫

年代

宋代

身份

政治家、文学家、思想家

代表作

《伤仲永》《游褒禅山记》《读孟尝君传》《元日》《明妃曲二首》《泊船瓜洲》《桂枝香·金陵怀古》等

王安石（1021—1086），字介甫，号半山。抚州临川（今江西抚州）人。北宋时期政治家、文学家、思想家、改革家，谥号“文”，世称王文公。

学术上，王安石创“荆公新学”，促进宋代疑经变古学风的形成。文学上，其散文简洁峻切，短小精悍，论点鲜明，逻辑严密，有很强的说服力，充分发挥了古文的实际功用，因此王安石名列“唐宋八大家”；其诗“学杜得其瘦硬”，擅长于说理与修辞，晚年诗风含蓄深沉、深婉不迫，世称“王荆公体”；其词写物咏怀吊古，意境空阔苍茫，形象淡远纯朴。

过春节时，我们常常看到的对联“爆竹声中一岁除，春风送暖入屠苏”就出自王安石的诗《元日》。

轶闻趣事

野史笔记中关于王安石的传说不少。比如不修边幅，衣服脏了不洗，脸脏了也不洗，还不听人劝，性格倔强，刚愎自用，人送外号“拗相公”——意思是固执己见、自以为是的人。历史上对他的评价也是毁誉参半，但是这仍改变不了王安石是一代名相的历史事实。

名句

修身洁行，言必由绳墨。
遥知不是雪，为有暗香来。
不畏浮云遮望眼，只缘身在最高层。
春风又绿江南岸，明月何时照我还？
爆竹声中一岁除，春风送暖入屠苏。

除了文学上的成就，王安石还做出了哪些贡献？

王安石更重要的一个身份是改革家，王安石变法自熙宁二年（1069）开始，至元丰八年（1085）宋神宗去世结束，故亦称熙宁变法、熙丰变法。王安石变法在一定程度上改变了北宋积贫积弱的局面，充实了政府财政，加强了国防力量，对封建地主阶级和大商人非法渔利也进行了打击和限制。但是，变法在推行过程中，由于部分举措的不合时宜和实际执行中的不良运作，也不同程度地损害了百姓利益（如保马法和青苗法），加之新法触动了大地主阶级的根本利益，所以遭到强烈反对。

王安石写诗有多认真？

我们今天所熟知的《泊船瓜洲》全诗如下：

京口瓜洲一水间，钟山只隔数重山。
春风又绿江南岸，明月何时照我还？

据记载，有一个读书人在家里收藏了这首诗的草稿，最初写的是“又到江南岸”，后来圈去了“到”，备注说“不好”，改为“过”，又圈去“过”，然后改为“入”，后来又改为“满”。先后改了十多个字，才确定为“绿”。
一个字改了十多遍，可见王安石的认真。

31 苏轼

苏轼画像

苏轼

姓名

姓苏，名轼，字子瞻

年代

宋代

身份

政治家、文学家、书法家

代表作

《题西林壁》《饮湖上初晴后雨》《念奴娇·赤壁怀古》《水调歌头·大江东去》《江城子·十年生死两茫茫》《定风波·莫听穿林打叶声》《赤壁赋》《后赤壁赋》《记承天寺夜游》《寒食帖》等

苏轼（1037—1101），字子瞻，一字和仲，号铁冠道人、东坡居士，世称苏东坡、苏仙、坡仙，眉州眉山（今四川眉山）人，祖籍河北栾城，北宋文豪，政治家。苏轼是天才型的人物，在诗、词、散文、书、画甚至烹饪等方面都取得很高成就。文纵横恣肆，与其父苏洵（三字经中的“苏老泉”）及其弟苏辙并有文采，合称“三苏”；诗题材广阔，清新豪健，善用夸张、比喻，独具风格，与黄庭坚并称“苏黄”；词开豪放一派，与辛弃疾同是豪放派代表，并称“苏辛”；散文著述宏富，豪放自如，与欧阳修并称“欧苏”，为“唐宋八大家”之一。苏轼善书，为“宋四家”之一，其《寒食帖》被誉为“天下第三行书”。擅长文人画，尤擅墨竹、怪石、枯木等。苏轼的门生中，黄庭坚、张耒、晁补之、秦观四人名气最大，合称“苏门四学士”。

轶闻趣事

苏轼是美食家，贬到哪里，吃到哪里。贬到黄州，因为工资太少，就打起了当地比较便宜的、大家不爱吃的猪肉的主意。为此苏轼发明了东坡肉，写了《猪肉颂》，记载东坡肉的做法。贬到惠州，就对杨贵妃劳民伤财也要吃的荔枝大快朵颐，“日啖荔枝三百颗，不辞长作岭南人”，以至于我们后人在操心，苏轼吃了这么多荔枝，上火不？贬到儋州，又爱上了生蚝和椰子，还给小儿子苏过写信，开玩笑说不要让别人知道海南生蚝好吃，否则大家争着来，我就没吃的了！

名句

人有悲欢离合，月有阴晴圆缺。

欲把西湖比西子，淡妆浓抹总相宜。

大江东去，浪淘尽，千古风流人物。

十年生死两茫茫。不思量，自难忘。

不识庐山真面目，只缘身在此山中。

腹有诗书气自华。

博观而约取，厚积而薄发。

苏轼是学霸吗？

必须是啊。苏轼10岁时就纵论古今成败得失，精通经传历史。苏轼参加科举考试的主考官是欧阳修。苏轼的文章《刑赏忠厚之至论》，清新洒脱，令欧阳修大为震动。但是因为文章写得太好，欧阳修误认为是自己的弟子曾巩所作，为了避嫌，将苏轼列为第二。后来欧阳修更是表示，我该让这个人出名啊！（吾当避此人出一头地！这也是“出人头地”成语的来历）学霸苏轼不仅是文豪，而且琴棋书画样样精通，还是“工程师”、医药学家，他协助朋友修建了广州的自来水供水系统，与人合作完成了医学著作。

此外，苏轼不仅学习好，饭也做得好，“东坡肉”就是他首创的呢。学霸的特点还体现在适应能力强，他一生屡次被贬，生活环境越来越恶劣，但是苏轼仍能坚持人生理想，保持人格独立，光明磊落，自得其乐，成为中国文人的人格典范。

三苏祠有副对联“一门父子三词客；千古文章四大家”，怎么理解？

“父子三词客”指苏洵、苏轼、苏辙父子。“文章四大家”指韩愈、柳宗元、欧阳修、苏轼。

南宋·李嵩《赤壁图》

32 李清照

李清照画像

李清照

姓名

姓李，名清照，号易安居士

年代

宋代

身份

词人；“千古第一才女”

代表作

《声声慢·寻寻觅觅》《如梦令·昨夜雨疏风骤》《如梦令·常记溪亭日暮》《一剪梅·红藕香残玉簟秋》《醉花阴·薄雾浓云愁永昼》《夏日绝句》等

李清照（1084—约1155），号易安居士，齐州章丘（今山东济南章丘西北）人，居济南。宋代女词人，婉约派代表，有“千古第一才女”之称。李清照出生于书香门第，早期生活优裕，出嫁后与丈夫赵明诚共同致力于书画金石的搜集整理。靖康之难后流寓南方，境遇孤苦。所作词，前期多写其悠闲生活，后期多悲叹身世，情调感伤。形式上善用白描手法，自辟途径，语言清丽。论词强调协律，崇尚典雅，在所著关于词的专论文章《词论》中，提出词“别是一家”之说，强调词与诗的不同，反对以作诗文之法作词。

轶闻趣事

李清照与赵明诚婚后不久，因政治斗争不得不两地分居。李清照思念丈夫，于重阳节写下一首词，寄给赵明诚。赵明诚读后，感觉妻子写得太好了，自己也想写一首，来与妻子的词作媲美。于是，他把自己关在书房，三天三夜废寝忘食，写出了五十首词！为了比出自己和妻子的词作到底“哪家强”，他把李清照的词夹在自己的词作中，请朋友判断。这个朋友看了之后说，只有三句最好：莫道不销魂，帘卷西风，人比黄花瘦。这三句出自李清照寄给赵明诚的《醉花阴》。

名句

寻寻觅觅，冷冷清清，凄凄惨惨戚戚。

生当作人杰，死亦为鬼雄。

莫道不销魂，帘卷西风，人比黄花瘦。

知否，知否，应是绿肥红瘦。

物是人非事事休，欲语泪先流。

《夏日绝句》是李清照什么时候写的？

《夏日绝句》："生当作人杰，死亦为鬼雄。至今思项羽，不肯过江东。"李清照这首诗写得慷慨激昂，掷地有声。靖康二年（1127），金兵入侵中原，掳走徽、钦二帝，赵宋王朝被迫南逃。后来，李清照的丈夫赵明诚担任建康知府。一天夜里，城中爆发叛乱，赵明诚不去平叛，反而临阵脱逃。李清照为朝廷、为丈夫感到耻辱，在路过乌江时，联想到西楚霸王项羽的悲壮，项羽因"无颜见江东父老"自杀身亡。她认为丈夫应该勇敢战斗，死了也不能做逃兵。

林庚先生所说，中国女作家中，能在"中国文学史上占有一席之地的"，"仅有的一个人"是谁？

是李清照。中国古代文学史上的女作家不多，我们熟悉的有蔡琰（蔡文姬）、卓文君、班婕妤、薛涛、鱼玄机、柳如是等。但是能占有一席之地，与男作家分庭抗礼的，只有李清照。李清照工诗善文，她的词更是自成一派，号"易安体"，因风格婉约，而开婉约词派，李清照也被称为"婉约词宗"。李清照的文学，从个人感情到家仇国恨，从闺中生活到历史风云，从自然风光到人生况味，肆意落笔，恣态万千。在中国文学史上独树一帜，影响深远。

33 陆游

陆游

姓名

姓陆，名游，字务观

年代

宋代

身份

文学家、史学家、爱国诗人

代表作

《游山西村》《临安春雨初霁》《书愤》《示儿》《钗头凤·红酥手》《卜算子·咏梅》《诉衷情·当年万里觅封侯》等

陆游（1125—1210），字务观，号放翁，越州山阴（今浙江绍兴）人，南宋文学家、史学家、爱国诗人。陆游生逢北宋灭亡之际，少年时即深受家庭爱国思想的熏陶，但因受秦桧排挤而仕途不畅，陆游一生志在恢复中原（如其绝笔诗《示儿》所体现的）。陆游笔耕不辍，诗、词、文都有很高成就。其诗语言平易晓畅、章法整饬谨严，兼具李白的雄奇奔放与杜甫的沉郁悲凉，尤以饱含爱国热情对后世影响深远。陆游与王安石、苏轼、黄庭坚合称“宋代四大诗人”，与杨万里、范成大、尤袤合称“中兴四大诗人”。

轶闻趣事

20岁时，陆游和表妹唐婉结为伴侣，感情亲密。但是因为母亲的反对，两人被迫离婚。十年后，陆游在沈园见到了唐婉及其改嫁后的丈夫，唐婉还为他送上一杯酒。满怀愧疚和痛苦的陆游在粉墙上奋笔题下《钗头凤》这首千古绝唱。

名句

纸上得来终觉浅，绝知此事要躬行。

小楼一夜听春雨，深巷明朝卖杏花。

夜阑卧听风吹雨，铁马冰河入梦来。

位卑未敢忘忧国，事定犹须待阖棺。

山重水复疑无路，柳暗花明又一村。

山盟虽在，锦书难托。

陆游一共写了多少首诗?

陆游流传存世的诗篇有9300多首，人称“小李白”，是公认中国古代史上最高产的诗人。

陆游一生都想收付宋代失地，他参加过抗金战斗吗?

陆游文武双全，从小喜欢读书，陆游家中建有藏书楼。用他自己的话说，叫“我生学语即耽书，万卷纵横眼欲枯”（我会说话就喜欢看书，读书万卷，看书看得眼睛都枯涩了）。他还特别爱读兵书，读完了还要实践——在院子里练剑，后来自称“学剑四十年”，“上马能击贼”。但他一生中只有一次亲临抗金前线、实现爱国之志的军事实践，是在1171年的大散关（今陕西宝鸡西南）一带的军旅生活，这给他留下了终生难忘的记忆，后来写在《书愤》一诗中。

书愤·其一

早岁那知世事艰，中原北望气如山。
楼船夜雪瓜洲渡，铁马秋风大散关。
塞上长城空自许，镜中衰鬓已先斑。
出师一表真名世，千载谁堪伯仲间。

34 朱熹

朱熹

姓名

姓朱，名熹，字元晦

年代

宋代

身份

理学家、教育家、诗人

代表作

《四书章句集注》《楚辞集注》《春日》《劝学诗偶成》《观书有感》《南乡子·落日照楼船》《菩萨蛮·晚红飞尽春寒浅》

朱熹（1130—1200），字元晦，又字仲晦，号晦庵，晚称晦翁。祖籍徽州府婺源县（今江西省婺源）。南宋时期理学家、教育家、诗人。逝世后被追赠为太师、徽国公，赐谥号“文”，故世称“朱文公”。

朱熹是“二程”（程颢、程颐）的三传弟子李侗的学生，与二程合称“程朱学派”。他是唯一一位非孔子亲传弟子而享祀孔庙的人，位列大成殿十二哲中。朱熹是理学集大成者，闽学代表人物，被后世尊称为朱子。他的理学思想影响很大，成为元、明、清三朝的官方哲学。朱熹还是教育家，宋代四大书院（应天书院、岳麓书院、白鹿洞书院、嵩阳书院）中的两大书院——白鹿洞书院和岳麓书院，都是朱熹重建的，他还亲自制定了学规，编撰了“小学”和“大学”的教材。李约瑟称“朱熹是一位深入观察各种自然现象的自然学家”，他对天文、地理、律历、医学等许多自然科学，也都进行过广泛的研究。朱熹著述甚多，有《四书章句集注》《太极图说解》《通书解说》《周易读本》《楚辞集注》，后人辑有《朱子大全》《朱子语类》等。其中《四书章句集注》成为钦定的教科书和科举考试的标准。

轶闻趣事

朱熹从小就志向远大，求知欲强。他的父亲朱松也很注意培养他的志向，据说朱熹10岁就“厉志圣贤之学”，以成圣贤为己任。后来，他成了著名的理学家，被后世尊为朱子。孔庙大成殿十二哲者中，朱熹是唯一一位非孔子亲传弟子。可以说，朱熹实现了他从小的人生理想。人还是要有理想啊，真的能实现！

名句

问渠那得清如许，为有源头活水来。

等闲识得东风面，万紫千红总是春。

少年易老学难成，一寸光阴不可轻。

读书之法，在循序而渐进，熟读而精思。

朱熹是怎么读书的？有什么好方法？

朱熹是大学者，读书广博，他的弟子对他读书的方法进行了总结，归纳为“朱子读书六法”：第一，循序渐进：指读书像爬山一样，要从低处开始，按照书本的逻辑体系和学习者的水平有系统、有步骤地进行。第二，熟读精思：指书要读透，读熟，结合思考，去理解、转化为自己的东西。第三，虚心涵咏：指读书要仔细认真，反复研磨，反复体会。第四，切己体察：指读书要依靠自己的努力，书本和实践相结合。第五，着紧用力：指读书要抖搂精神，下苦功夫，花大力气。第六，居敬持志：指读书要有专静纯一的心境和坚定久远的志向，不能心不在焉。

35 辛弃疾

辛弃疾画像

辛弃疾

姓名

姓辛，名弃疾，字幼安

年代

宋代

身份

军事家、文学家、豪放派词人

代表作

《青玉案·元夕》《丑奴儿·书博山道中壁》《菩萨蛮·书江西造口壁》《清平乐·村居》《永遇乐·京口北固亭怀古》《破阵子·为陈同甫赋壮词以寄》等

辛弃疾（1140—1207），原字坦夫，后改字幼安，中年后别号稼轩，山东东路济南府历城县（今山东济南历城区）人。南宋官员、将领、文学家，豪放派词人，有“词中之龙”之称。其词风豪迈，与苏轼合称“苏辛”，与同是济南人的李清照并称“济南二安”。

辛弃疾一生以恢复中原为志，以功业自许，但是命运坎坷，壮志难酬。他把满腔激情和对国家兴亡、民族命运的关切、忧虑，全部寄托在词作中。他的词以豪放为主，风格多样，题材广阔，抒写力图恢复国家统一的爱国热情，倾诉壮志难酬的悲愤，对当时执政者颇多谴责，也有不少吟咏祖国河山的作品。现存词600多首，是宋代词人里现存作品最多的人，大数据统计，辛弃疾也是宋代词人里影响力最大的人，排在苏轼、周邦彦之前。

轶闻趣事

少年不读苏东坡，老来不读辛弃疾。因为辛弃疾生于乱世，自幼习武，二十二岁一战成名，南归故国，眼看山河破碎，一生壮志满怀，却报国无门。老来读辛弃疾，人生过半却意难平，容易陷入郁郁寡欢中。

名句

为赋新词强说愁。

我见青山多妩媚，料青山、见我应如是。

众里寻他千百度。蓦然回首，那人却在，灯火阑珊处。

了却君王天下事，赢得生前身后名。

青山遮不住，毕竟东流去。

辛弃疾是军事家吗？

是的，除了文学家外，辛弃疾更重要的身份是将领，还写了军事政论文《美芹十论》。辛弃疾曾提出开展大规模跨海登陆作战，这种登陆作战是与陆地进攻相配合的。辛弃疾青少年时代是在金人的统治下度过的。21岁时，辛弃疾聚集2000人参加了耿京领导的起义军。后来耿京被叛徒杀害，义军溃散，辛弃疾率领50多人袭击几万人的敌营，将叛徒擒拿带回建康，交给南宋朝廷处决。回归南宋后，辛弃疾向朝廷提出要建立飞虎军的建议。辛弃疾的“壮岁旌旗拥万夫，锦襜突骑渡江初”（《鹧鸪天》）就是对青年时参加抗金战争往事的回忆。“壮岁”“万夫”英气逼人，豪气干云。

辛弃疾壮志难酬，命运坎坷，还能“豪放”吗？

能啊！豪放词派的代表——苏轼和辛弃疾都是命运多舛，也正是坎坷的人生经历，成就了他们的“豪放”。辛弃疾说“我见青山多妩媚，料青山、见我应如是”，“不恨古人吾不见，恨古人，未见吾狂尔”。前一句表现的是自己将深情倾注于自然，与青山互相欣赏；后一句则是一种对自己人格理想的自信：见不到古人不遗憾，古人应该遗憾他们没有见到疏狂的我！这是一种对自己理想信念的坚守，无论顺境、逆境，都能正确看待，这才是真豪迈，大智慧。

元明清

36 - 关汉卿

关汉卿

姓名
姓关，原名不详，字汉卿

年代
元代

身份
元杂剧奠基人

代表作
《窦娥冤》《救风尘》《望江亭》《鲁斋郎》《单刀会》等；套曲〔南吕·一枝花〕《不伏老》

关汉卿（约1234—约1300），原名不详，字汉卿，号已斋（又作一斋、已斋叟），解州（今山西运城）人，另有籍贯是大都（今北京市）和祁州（今河北安国）等说。元杂剧奠基人，与白朴、马致远、郑光祖并称为“元曲四大家”，关汉卿居首位。他一生的戏剧创作十分丰富，是我国戏剧史上作品最多，成就最大的一位作家，有“曲圣”之誉。

轶闻趣事

据说关汉卿因为写《窦娥冤》曾被捕入狱。官府要求他修改剧本，但他断然拒绝。他诙谐地称自己是个“蒸不烂、煮不熟、捶不扁、炒不爆、响当当一粒铜豌豆”。任凭别人“落了我牙，歪了我嘴，瘸了我腿，折了我手，天赐与我这几般儿歹症候，尚兀自不肯休”！言下之意，无论你们怎么对待我，我都不会屈服，坚持我自己的人生信念！我什么都不怕！

名句

花有重开日，人无再少年。

船到江心补漏迟。

得放手时须放手，得饶人处且饶人。

着意栽花花不发，无意插柳柳成荫。

《窦娥冤》主要讲了什么故事？

窦娥从小被卖到蔡家做童养媳，生活本来安稳，然而后来窦娥丈夫去世，蔡婆和窦娥婆媳两人遭到流氓张驴儿父子的欺压，窦娥不屈服。张驴儿本想害死蔡婆，好让窦娥屈服，结果却失误害死了自己的父亲。于是，他诬陷窦娥和蔡婆害死自己的父亲。在严刑逼问下，窦娥为救蔡婆自认杀人，被判斩首。临刑前她发下三桩誓言以证明自己的清白：第一桩要鲜血都喷溅到刑场的白练上，第二桩要六月天飘起大雪，第三桩要当地大旱三年。窦娥死后誓言果然应验。三年后窦娥的生父到此做官，才为窦娥平反冤案。

“比窦娥还冤”现在成了人们形容受到委屈、冤枉的俗语。

什么是元杂剧？元杂剧的四大悲剧是哪些？

元杂剧属于戏剧，是融文学创作和表演于一体的综合性艺术，剧本由唱词和宾白（人物的独白或对话）组成，一般为四折加上一个楔子，由一个角色主唱到底，其他角色只有说白。音乐方面，元杂剧要求每一折必须用同一宫调的套曲，而且要一韵到底。元杂剧的四大悲剧是：关汉卿的《窦娥冤》、马致远的《汉宫秋》、白朴的《梧桐雨》以及纪君祥的《赵氏孤儿》。

37 马致远

马致远画像

马致远

姓名

姓马，名致远，号东篱

年代

元代

身份

戏曲家、散文家

代表作

《汉宫秋》《荐福碑》《岳阳楼》《青衫泪》《天净沙·秋思》

马致远（约1250—约1324），号东篱，大都（今北京，有异议）人，元代戏曲作家、散曲家、散文家。马致远出生在一个富有且具文化素养的家庭，年轻时热衷于求取功名，晚年隐居于杭州。马致远的散曲与关汉卿的散曲相比，表现出更多的传统文人气息，关汉卿散曲的世俗情趣更浓。马致远在元代散曲作家中有领导地位，有“曲状元”之誉。

轶闻趣事

据考证马致远是大都人，生平不详。年少时好学上进，被马氏后人津津乐道，并在茶余饭后的笑谈之中用以激励自己的子孙后代努力奋斗，向之看齐。

名句

小桥流水人家，古道西风瘦马。

养军千日，用军一时。

孤舟五更家万里，是离人几行清泪。

什么叫散曲和小令？

元曲包括杂剧和散曲，散曲包括小令和套曲，起源于金元时期，是一种诗歌变体。小令是单个的曲子，套曲又称套数、散套，通常由同宫调的若干曲子连缀而成。

《天净沙·秋思》为何被称为“秋思之祖”？

天净沙·秋思

枯藤老树昏鸦，小桥流水人家，古道西风瘦马。
夕阳西下，断肠人在天涯。

这支小令句法别致，前三句全由名词性词组构成，一共列出9种景物，组合成一幅秋郊夕照图，让骑着一匹瘦马的天涯游子出现在一派凄凉的背景上。全曲仅5句28个字，语言极为凝练，但是容量巨大，意蕴深远，表达了异乡漂泊的游子在秋天思念故乡、倦于漂泊的凄苦情绪，被后人誉为“秋思之祖”。

38 施耐庵

施耐庵

姓名

姓施，名耳，号耐庵

年代

元末明初

身份

文学家，中国长篇小说之父

代表作

《水浒传》

施耐庵（1296—1370），名耳，又名肇瑞、彦端，字子安，号耐庵，或称“钱塘施耐庵”。今江苏兴化人，元末明初文学家，博学多才，是中国四大名著之一《水浒传》的作者。因《水浒传》是中国历史上第一部赞扬农民起义的长篇章回体白话小说，在中国文学和世界文学史上具有重要意义，故施耐庵被誉为“中国长篇小说之父”。2011年设立“施耐庵文学奖”，每两年评选一次，逢单年评奖并颁奖，每届评出4部作品，其中海外作品1部，是我国最高荣誉的文学奖之一。

轶闻趣事

施耐庵有匡计天下救民之志，他想用笔耕来施展自己的抱负与才华。有一天，他在一个书铺看到一本书名叫《张叔夜擒贼》，讲的是梁山宋江等一百零八将杀富济贫的故事。他立即买回并作为资料，将其他有关梁山的故事加以修改，写出一部《江湖豪客传》。后在学生罗贯中的建议下，改名《水浒传》。

名句

有缘千里来相会，无缘对面不相逢。

在人矮檐下，怎敢不低头。

梁园虽好，不是久恋之家。

有眼不识泰山。

出自《水浒传》的成语有哪些？

横七竖八、归心似箭、改邪归正、高山峻岭、飞檐走壁、逢凶化吉、风行雷厉、大刀阔斧、大街小巷、大呼小喝、登山涉水、以礼相待、垂头丧气、成群作队、逼上梁山、不三不四、不打不相识、别出心裁、不识泰山、真才实学、坐卧不安、一五一十、一马当先、杳无踪迹、一帆顺风、用兵如神、心满意足、悬崖峭壁、人山人海、七上八下、缺一不可、路见不平、口出狂言，等等。

历史上有宋江这个人吗？

宋江有历史原型。历史上的宋江，生卒年月不详。《宋史》将宋江称为“淮南盗”。宋江手下有36个头领，曾在北方特别是山东境内纵横，数万官军都无法将他们剿灭，后被朝廷招安。

39 - 罗贯中

罗贯中画像

罗贯中

姓名

姓罗，名本，字贯中

年代

元末明初

身份

小说家

代表作

《三国演义》

罗贯中（约1330—约1400），名本，字贯中，号湖海散人，太原人，元末明初小说家，施耐庵的学生。《三国志通俗演义》（简称《三国演义》）是罗贯中的力作，这部长篇小说对后世文学创作影响深远，是我国第一部长篇章回体历史演义小说，罗贯中也被称为“中国章回小说的鼻祖”。章回小说就是分章叙事，分回标目，每回故事相对独立，但又前后勾连、首尾相接，将全书构成一个整体。每回前用两句对偶的文字标目，称为回目。章回小说也是我国古代长篇小说的代称。

轶闻趣事

在古代，小说、戏剧登不了大雅之堂，创作者往往遮遮掩掩，不肯以真面目示人，这就给后来的研究者设置了不少障碍，《水浒传》和《三国演义》的作者是谁，现在学界还在讨论。有一种说法甚至认为，施耐庵和罗贯中是一个人，还给出了理由：“施耐庵”倒着写就是“俺乃是”，山东话说施耐庵，发音也是“实乃俺”。而根据当时许多作家撰书署名的习惯，“施耐庵—罗贯中”的潜台词很可能就是“俺乃是罗贯中”。

名句

青山依旧在，几度夕阳红。

周郎妙计安天下，赔了夫人又折兵。

子治世之能臣，乱世之奸雄也。

既生瑜，何生亮。

《三国演义》和《三国志》是同一本书吗？

它们是两本书。首先，从名称来看，《三国演义》是历史小说，是文学作品，其中有虚构和杜撰的成分。演义是古代小说的一种体裁，根据史事、传说加工编写而成的，如《三国演义》《封神演义》。《三国志》是西晋史学家陈寿所著的正史，记载三国时期的曹魏、蜀汉、东吴的纪传体断代史，是二十四史中评价最高的“前四史”之一。“志”是一种纪传类体裁，基本没有或较少虚构成分，如《三国志》《项脊轩志》等。从内容和思想倾向来看，《三国演义》尊刘备反曹操的倾向明显，而《三国志》是以曹魏政权为正统的。

历史上周瑜真是被诸葛亮气死的吗？

当然不是。“三气周瑜”是《三国演义》中的故事，讲述了周瑜三次用计都被诸葛亮识破，周瑜气极，引发旧伤而死，还留下了那句千古悲叹：“既生瑜，何生亮!”这是为了美化诸葛亮而虚构的情节，正史上并非如此。此外，周瑜心胸也十分宽广，与《三国演义》中描写的完全不同。历史上的周瑜是病死的，小说中这样写只是为了增强可读性，也表现出作者以蜀汉为正统的观念。

出自《三国演义》的歇后语有哪些?

张飞吃豆腐——小菜一碟

诸葛亮三气周瑜——略施小技

关公面前耍大刀——自不量力

孔明草船借箭——有借无还

张飞穿针——粗中有细

关羽降曹操——身在曹营心在汉

孔明皱眉——计上心头

周瑜打黄盖——一个愿打一个愿挨

蒋干盗书——聪明反被聪明误

40 吴承恩

吴承恩

姓名

姓吴，名承恩，字汝忠

年代

明代

身份

文学家

代表作

《西游记》

吴承恩（约1500—1582），字汝忠，号射阳居士，又称射阳山人，南直隶淮安府山阳县河下（今江苏淮安）人，一说安徽桐城人。明代文学家。吴承恩自幼敏慧，博览群书，尤其喜爱神话故事，擅长绘画、书法，多才多艺。由于官场生涯不太顺利，他晚年闭门著书，终老于家。近现代学者一般认为，吴承恩是中国四大古典名著之一、中国古代第一部浪漫主义章回体长篇神魔小说《西游记》的最后完成者。

轶闻趣事

吴承恩从小爱读书，兴趣广泛。因为爱读书，得到当时著名文学家朱应登的赏识。朱应登认为他可读尽天下书，还把家里藏书的一半分给他读。

名句

海阔凭鱼跃，天高任鸟飞。

人逢喜事精神爽，闷上心来瞌睡多。

单丝不线，孤掌难鸣。

一叶浮萍归大海，人生何处不相逢？

历史上真的有“唐僧”吗？

真的有唐僧这个人，他就是唐代高僧玄奘法师（602—664）。玄奘本姓陈，名袆，是1300多年前我国伟大的旅行家、思想家、翻译家。为了寻求佛教真义，他从长安出发西行取经，一路上克服了种种艰难险阻，到达了佛教发源地印度。玄奘在印度游历、研究和讲学整整13年。回国后又进行了佛经的翻译。他总共翻译了75部经典，还曾把《老子》和《大乘起信论》译为梵文，传入印度。他还将印度之旅的所见所闻写成《大唐西域记》一书，对当时中国的社会文化各方面都有很大影响，也对中外文化交流做出了贡献。

日本·佚名·玄奘三藏像

出自《西游记》的歇后语有哪些？

猪八戒照镜子——里外不是人

孙大圣拔猴毛——看我七十二变

白骨精遇上孙悟空——原形毕露

猪八戒败阵——倒打一耙

猪八戒的后脊梁——无能之辈（悟能之背）

花果山的猴子——无法无天

猪八戒西天取经——三心二意

41 袁宏道

袁宏道

姓名

姓袁，名宏道，字中郎

年代

明代

身份

文学家

代表作

《徐文长传》《初至西湖记》《虎丘》《满井游记》《西湖游记二则》《戏题斋壁》《游虎跑泉》《东阿道中晚望》《戏题飞来峰》等

袁宏道（1568—1610），字中郎，号石公，又号六休，湖广公安（今湖北公安）人。袁宏道是明代反对文学复古运动的主将，“当代无文字，闾巷有真诗”（《答李子髯诗》）。他认为文章与时代有密切关系，提出“独抒性灵，不拘格套”的性灵说。袁宏道与其兄袁宗道、弟袁中道合称“公安三袁”。

轶闻趣事

寒食节过后下了场雨，袁宏道认为这场雨是为西湖洗去红妆，应当马上去与桃花话别。雨后的苏堤游人很少，凋落的花在地上堆积了一寸多厚。他们脱下外衣，躺在地上喝酒，用脸颊来承接落花，脸上落花多的人饮酒，脸上落花少的人被罚唱歌，拿这个来取乐。这就是“落花饮酒”的典故。

名句

日暮平沙秋草乱，一双白鸟避人飞。

人情必有所寄，然后能乐。

趣，得之自然者深，得之学问者浅。

凡月之夜，花之晨，雪之夕，游人往来，盼错如织。

袁宏道为何能写出这么多优秀的游记?

袁宏道存世的各类散文随笔共200余篇，其中游记文有90余篇，多为名作佳篇。袁宏道高产的主要原因自然是他的文学造诣深厚，在游记中贯彻自己的文学主张，抒发真性情，但是另一个原因也不容忽视，那就是：袁宏道是资深“驴友”。明代人喜爱旅游的特别多，写了《徐霞客游记》的旅行家徐霞客就是其中最著名的代表。徐霞客（1587—1641），名弘祖，字振之，号霞客，南直隶江阴县（今江苏省江阴市）人，他经过30多年考察撰成了60万字《徐霞客游记》，被称为“千古奇人”。袁宏道比徐霞客大几岁，也是个旅游爱好者，甚至为了旅游辞职。和旅游相比，生命都不算啥，“恋躯惜命，何用游山?”而且袁宏道是用心在旅游，写的游记名篇较多。他在写景时用的是真情实感，记的是耳目所见，再加上优美的文笔，真切动人，真正是“独抒性灵，不拘格套”的表现。

42 蒲松龄

蒲松龄画像

蒲松龄

姓名
姓蒲，名松龄，字留仙

年代
清代

身份
文学家、小说家

代表作
《聊斋志异》

蒲松龄（1640—1715），字留仙，一字剑臣，别号柳泉居士，世称聊斋先生，自称异史氏。济南府淄川（山东淄博淄川区洪山镇蒲家庄）人。清代杰出文学家，优秀短篇小说家。蒲松龄的科举之路很不顺利，职场生涯主要是做家庭教师、当当枪手帮人写文章，大部分时间是在贫困中度过的。著有文言短篇小说集《聊斋志异》（聊斋，书斋名，志就是记，异指奇异的故事），简称《聊斋》，俗名《鬼狐传》。

轶闻趣事

王士祯对《聊斋志异》的宣传和销售工作贡献很大，据说他读完了《聊斋志异》后，写下了这首广为流传的诗句：“姑妄言之姑听之，豆棚瓜架雨如丝。料应厌作人间语，爱听秋坟鬼唱诗。”这无疑相当于给《聊斋志异》做了广告，各家书坊争相刊刻。

名句

有志者、事竟成，破釜沉舟，百二秦关终属楚；
苦心人、天不负，卧薪尝胆，三千越甲可吞吴。

《聊斋志异》写了很多鬼故事，蒲松龄是怎么搜集材料的？

蒲松龄从小受父亲影响，对仙佛鬼神等奇闻异事格外感兴趣，特别喜欢听人讲鬼故事；长大后，又痴迷于民间传说的搜集与整理，开始自己写作鬼故事。蒲松龄家乡附近有口井，原名满井，后名柳泉，蒲松龄很喜欢这里，自号“柳泉居士”。据说他为了搜集素材，在柳泉边搭了一个茶棚，来往的行人只要讲个故事，就可以免费喝一杯茶。由于搜集了丰富的素材，他创作了近500篇短篇小说，在谈狐说鬼中反映广阔的社会生活，被郭沫若誉为“写鬼写妖高人一等，刺贪刺虐入木三分”。

蒲松龄写《聊斋志异》就是为了讲鬼故事吗？

虽然蒲松龄确实喜欢听、喜欢讲鬼故事，但他写《聊斋志异》是为了通过狐鬼故事表达对现实社会的看法。《聊斋志异》或者揭露封建统治的黑暗，或者抨击科举制度的腐朽，或者反抗封建礼教的束缚，或者表达人生经验哲理、寄托理想追求，具有丰富深刻的思想内容。

43 纳兰性德

纳兰性德

姓名

姓纳兰，名性德，原名成德，字容若

年代

清代

身份

词人，“清词三大家”之一

代表作

《通志堂经解》《饮水词》《侧帽集》《渌水亭杂识》

纳兰性德（1655—1685），叶赫那拉氏，字容若，号楞伽山人，原名纳兰成德，后因避讳太子保成（爱新觉罗·胤礽）而改名纳兰性德。满洲正黄旗人，清代初年词人。纳兰性德的词以“真”取胜，写景逼真传神，词风“清丽婉约，哀感顽艳，格高韵远，独具特色”，在当时就享有盛誉，为文人、学士等高度评价，成为那个时代词坛的杰出代表。况周颐在《蕙风词话》中称誉纳兰为“国初第一词手”，纳兰与朱彝尊、陈维崧并称“清词三大家”。纳兰性德的词集《饮水词》不但在清代词坛享有很高声誉，在整个中国文学史上也占有光彩夺目的一席之地。

轶闻趣事

纳兰性德不仅是大学者、大词家，而且还是个大孝子。史书记载“性德事亲孝，侍疾衣不解带，颜色黧黑，疾愈乃复”，他非常有孝心，亲人生病，睡觉不脱衣服，随时准备起来服侍，累得面色发黑。亲人病好了，他的脸色也恢复了。

名句

人生若只如初见，何事秋风悲画扇。
我是人间惆怅客，知君何事泪纵横。
赌书消得泼茶香，当时只道是寻常。
西风多少恨，吹不散眉弯。
山一程，水一程，身向榆关那畔行。

纳兰性德是个大学者吗？

纳兰性德不仅是著名的词人，还是个大学者和经学家。他的老师徐乾学是顾炎武的外甥，也是一位大学者。中进士后，纳兰更加奋发苦读。他家世好，人聪明还努力，自然是学霸啊。他用了两年时间主持编纂了一部儒学汇编——《通志堂经解》，深受皇帝赏识，还把自己熟读经史的见闻感悟整理成文，编成四卷《渌水亭杂识》，其中包含历史、地理、天文、历算、佛学、音乐、文学、考证等知识，表现出相当广博的学识和爱好。所以纳兰不仅是“清初第一词人”，也是“第一学人”。清代学者均对他评价甚高。

《红楼梦》“写的是明珠家的事”吗？

《红楼梦》的解读是门学问，历来也是诸说纷纭，其中一种说法就来自乾隆皇帝。他认为《红楼梦》写的是明珠（纳兰性德父亲）家的事（此盖为明珠家事作也），因此也有人称乾隆为“第一个红学家”。按这个说法，那贾宝玉自然就是纳兰性德了。

这种说法也不是空穴来风。首先，纳兰性德和曹雪芹的祖父是同事，都是皇帝身边的人，纳兰还有词写给曹寅。其次，纳兰家族和曹氏家族都是官僚世家，两个家族都经历了荣辱兴衰的轮回。再次，曹雪芹和纳兰的人品性格也有相似之处：都多才多艺、涉猎广泛、风雅脱俗。基于以上三点，乾隆给红学家们出了个大题目，也使人对纳兰性德短暂的一生有了更多探讨的兴趣。

44 吴敬梓

吴敬梓

姓名

姓吴，名敬梓，字敏轩

年代

清代

身份

文学家

代表作

《儒林外史》

吴敬梓（1701—1754），字敏轩，号粒民，安徽全椒人，因家有“文木山房”，故晚年自称“文木老人”；又因移居江苏南京秦淮河畔，故又称“秦淮寓客”。清代文学家，著有长篇白话讽刺小说《儒林外史》。《儒林外史》代表着中国古代讽刺小说的高峰，它开创了以小说直接评价现实生活的范例。

胡适曾说：“安徽的第一大文豪，不是方苞，不是刘大櫆，也不是姚鼐，是全椒的吴敬梓。”

轶闻趣事

吴敬梓“乐善好施却放浪不羁”，本出生于世族大家，成年后因家道中落，移家南京，生活困顿，靠卖书卖文度日。但他结朋交友的爱好不改，仍喜欢接济同样清苦的文人。冬天寒冷，他就与好友绕行城墙，大搞“暖足”活动。他甚至将最后的祖产全椒老屋变卖，带头修建祖祠。

名句

三年清知府，十万雪花银。

以仁义服人，何人不服？

少年不知愁滋味，老来方知行路难。

三十年河东，三十年河西，莫欺少年穷！

《儒林外史》书名是什么意思？

“儒林”一词出自《史记》之“儒林列传”，是“儒者之林”的意思，指学术界。国史列传，自然是“正史”，作者专门以“外史”为书名，正是为了不同于正史中的记载，讽刺和揭露现实社会的。

吴敬梓为什么要写《儒林外史》？

吴敬梓从小聪颖过人，但他的科举之路很坎坷。他18岁考中了秀才，但是23岁、26岁、29岁三次参加乡试（乡试每三年在省城或京城举行一次，考中了就是“举人”）都失败了，后来虽然有人举荐他参加“博学鸿词科”（一种推荐制的特殊考试），都被他拒绝，或者错过了。而后，他用了约20年的时间专心创作《儒林外史》，为科举制度下受毒害的知识分子画像，如范进、严监生、匡超人等，也塑造出了自己心目中的理想人物——王冕。

小说形象地刻画了在科举制度下，知识阶层精神道德和文化教育腐朽糜烂的现状。它透过人生百态揭示了士人功名利禄的观念、官僚制度、人伦关系和整个社会的风气。鲁迅先生称其为我国古代小说中第一部“讽刺之作”。清代出现了以《儒林外史》为发端的一大批谴责小说，如《孽海花》《二十年目睹之怪现状》《官场现形记》等，形成了一股批判封建社会的潮流，这股潮流一直影响到五四运动以后的新文学。

45 曹雪芹

曹雪芹

姓名

姓曹，名霑，号雪芹

年代

清代

身份

文学家

代表作

《红楼梦》

曹雪芹（约1715—约1763），名霑，字梦阮，号雪芹，又号芹溪、芹圃，中国古典名著《红楼梦》的作者，祖籍存在争议（辽宁辽阳、河北丰润或辽宁铁岭），出生于江宁（今南京）。曹雪芹出身清代内务府正白旗包衣世家，早年在南京江宁织造府亲历了一段锦衣纨绔、富贵风流的生活。后来曹家获罪被抄家，曹雪芹随家人迁回北京老宅。后又移居北京西郊，靠卖字画和朋友救济为生。曹家从此一蹶不振，日渐衰微。曹雪芹性情放达，爱好广泛，他以坚韧不拔的毅力，历经多年艰辛，终于创作出中国古典四大名著之一《红楼梦》（又名《石头记》《风月宝鉴》《金陵十二钗》等）。

轶闻趣事

据说，乾隆二十三年（1758），曹雪芹就迁往白家疃了。他居所的南边山根，曾有一座小庙，约十平方米。因为庙里没有神祇偶像和牌位，空荡荡的，当地人叫它“空空庙”。这座“空空庙”可能就与《红楼梦》开头所写的“空空道人”有关。

名句

滴不尽相思血泪抛红豆，开不完春柳春花满画楼。

世事洞明皆学问，人情练达即文章。

假作真时真亦假，无为有处有还无。

满纸荒唐言，一把辛酸泪。

一朝春尽红颜老，花落人亡两不知。

《红楼梦》的主要内容是什么？

小说以贾、王、史、薛四大家族的兴衰为背景，以贾府的家庭琐事、闺阁闲情为中心，以贾宝玉、林黛玉、薛宝钗的爱情婚姻故事为主线，描写了金陵十二钗的人性美和悲剧美，歌颂追求光明的叛逆人物。通过叛逆者的悲剧命运预见封建社会必然走向灭亡，揭示出封建末世危机。

什么是“红学”？

红学就是研究《红楼梦》的学问。《红楼梦》问世以来就大受欢迎，士大夫们争相传看。清末上海松江有个叫朱昌鼎的人，对《红楼梦》十分着迷。有人问他研究什么经，他对人家说，他所研究的“经”，比起一般的经，少“一横三曲”。原来，繁体字的“经”（經）字去掉“一横三曲”，就是个“红”字。这个小故事流传开来，“红学”一词就约成定俗，成为研究《红楼梦》这门学问的名称。

红学的研究范围包括《红楼梦》的文本、版本、历史背景、文学史关系和作者家世、生平、创作经历、人物特性，等等。五四运动前后，红学作为一门严肃学问正式步入学术之林，被称为新红学，并与甲骨学、敦煌学并称20世纪三大显学。根据研究方式和研究内容，红学分为四大学派：评论派、考证派、索隐派和创作派。

46 袁枚

袁枚

姓名

姓袁，名枚，字子才

年代

清代

身份

诗人、散文家、文学批评家和美食家

代表作

《祭妹文》《随园诗话》

袁枚（1716—1798），字子才，号简斋，晚年自号仓山居士、随园主人、随园老人。钱塘（今浙江杭州）人，祖籍浙江慈溪。清代诗人、散文家、文学批评家和美食家。袁枚倡导“性灵说”，主张诗文审美创作应该抒写性灵，要写出诗人的个性，表达个人生活遭际中的真情实感，与赵翼、蒋士铨合称为“乾嘉三大家”（或江右三大家），又与赵翼、张问陶并称“性灵派三大家”，亦为“清代骈文八大家”之一。袁枚的散文代表作《祭妹文》，古文论者将其与唐代韩愈的《祭十二郎文》并提。另有诗歌美学和诗歌理论著作《随园诗话》。

轶闻趣事

某天一名士召开文人雅集。他家有一道名为“雪霞美”的私房菜，令众宾赞不绝口。有位客人愿以重金求购菜谱。名士非但不卖，还说：“陶渊明不为五斗米折腰，你如果肯为豆腐折腰，拜我三拜，菜谱就送你。”没想到，这位客人毫不犹豫，当场向名士作揖三次。这位客人就是“吃货”袁枚。

名句

莫唱当年长恨歌，人间亦自有银河。

白日不到处，青春恰自来。苔花如米小，也学牡丹开。

春风如贵客，一到便繁华。

美人自古如名将，不许人间见白头。

一双冷眼看世人，满腔热血酬知己。

袁枚还是美食家？

是的，袁枚有中国古代“食圣”之誉。中国古代“茶圣”是唐代的陆羽，写了《茶经》，而袁枚的“食圣”之称是因为他写了有中国历史上“饮食圣经”之誉的《随园食单》。在中国饮食文化史上，全面系统而深入地探讨中国烹饪的技术理论问题，应该是从袁枚开始的。《随园食单》从烹饪技术理论出发，对采办加工、烹调装盘以及菜品用器等，都作了详尽的论述，并对当时国内很多地区的美食进行点评鉴赏，代表了中国传统食学发展的最高水准。

随园是什么地方？

随园是著名的江南私家园林，清代江南的三大名园之一，现地面主体建筑均已不存，仅存遗址。主人袁枚重视生活情趣，他特别喜爱金陵（今南京）的山川秀色和人文氛围，于是花了大价钱买了隋赫德留下的“隋园”，更名为“随园”。清康熙年间，随园曾是江宁织造曹寅家族园林的一部分，也成为《红楼梦》中大观园的原型。

清 · 袁枚《湘汀春兰图》

47 - 龚自珍

龚自珍画像

龚自珍

姓名

姓龚，名自珍，字璱人

年代

清代

身份

思想家、文学家

代表作

《己亥杂诗》《病梅馆记》

龚自珍（1792—1841），字璱人，号定盦（一作定庵）。浙江仁和（今杭州）人，是著名学者段玉裁的外孙，晚年居住在昆山羽琌山馆，又号羽琌山民。清代思想家、文学家、藏书家和改良主义的先驱者。龚自珍主张革除弊政，抵制外国侵略，曾全力支持林则徐禁鸦片。他的诗文主张“更法”“改图”，揭露清统治者的腐朽，洋溢着爱国热情，被柳亚子誉为“三百年来第一流”。著名诗作《己亥杂诗》共315首，题材广泛，内容复杂，多吟咏怀抱，抨击现实。

轶闻趣事

我们熟悉的《己亥杂诗》（第125首）是一首“青词”，也就是道教举行仪式时的祝祷文字。有一天，龚自珍路过镇江南郊，正逢当地人向玉皇大帝及雨神祈雨的仪式。道士请龚自珍写些祝祷词，龚自珍就写下了这首著名的诗篇：九州生气恃风雷，万马齐喑究可哀。我劝天公重抖擞，不拘一格降人才。

名句

落红不是无情物，化作春泥更护花。

九州生气恃风雷，万马齐喑究可哀。

浩荡离愁白日斜，吟鞭东指即天涯。

一箫一剑平生意，负尽狂名十五年。

一事平生无齮龁，但开风气不为师。

为什么梁启超读了龚自珍的《定庵文集》说“若受电然”？

龚自珍的文章使梁启超受到了震撼，像触电一样。龚自珍是开风气的人物，他对中国近代思想史的意义远远大于文学史的意义，他对现实社会的质疑和批判性的思维方式，影响和引导了清末的维新改良运动。龚自珍的诗文创作，集豪放、雄奇、柔婉、哀艳于一体，并将之推于极致，造就了其“哀艳杂雄气”的特色，这是外在的“电”；其中贯穿的独立思考精神与忧患批判意识，是内在的“电”，两相结合，电力强劲，足以使近代知识分子受到“电击”。康有为、梁启超、胡适、鲁迅等中国近现代文化、思想巨匠，都受到了龚自珍的影响。

民国

48 梁启超

梁启超

姓名

姓梁，名启超，字卓如

年代

清末民初

身份

思想家、政治家、教育家、史学家、文学家

代表作

《中国近三百年学术史》《王安石传》《少年中国说》

梁启超（1873—1929），字卓如，一字任甫，号任公，又号饮冰室主人、饮冰子、哀时客、中国之新民、自由斋主人。广东省广州府新会县（今广东江门新会区）人。清代光绪年间举人，中国近代思想家、政治家、教育家、史学家、文学家，戊戌变法（百日维新）领袖之一。梁启超与王国维、陈寅恪、赵元任并称为清华大学国学院“四大导师”。梁启超积极参与、鼓动了“诗界革命”和“小说界革命”，梁启超的文章风格，世称“新文体”。这种“新文体”，成为五四以前最受欢迎、模仿者最多的文体，而且至今仍然值得学习和研究。梁启超代表作有《中国近三百年学术史》《清代学术概论》《中国历史研究法》《王安石传》《新中国未来记》等，其著作合编为《饮冰室合集》。

轶闻趣事

有一年梁启超到广州拜见两广总督张之洞。张之洞见拜帖落款为“愚弟梁启超顿首”，大不高兴（张之洞长梁启超36岁，称“愚弟”是将自己与张之洞视为同辈，张自然不高兴），于是出联刁难：“披一品衣，抱九仙骨，狂生无礼称愚弟。”高傲无礼，且拒人于千里之外。梁启超坦然对出下联：“行千里路，读万卷书，侠士有志傲王侯。”张之洞一看，马上出衙迎接，大有相见恨晚之意。

名句

十年饮冰，难凉热血。

少年智则国智，少年富则国富，少年强则国强。

心口如一，犹不失为光明磊落丈夫之行也。

凡作事，将成功之时，其困难最甚。行百里者半九十，有志当世之务者，不可不戒，不可不勉。

《少年中国说》是怎样的作品？

是梁启超的主要代表作之一，1900年发表于《清议报》。当时戊戌变法刚刚失败，梁启超有感于中国朝野上下封建保守势力的猖獗，希望能以此文唤醒自己的祖国，使其成为一个朝气蓬勃的“少年中国”。文章洋洋洒洒，酣畅淋漓，多用比喻、对比增强气势，显示出强烈的进取精神，思想意义积极、情感色彩激越，给很多文化人敲响了警钟，对未来提出了思考和探索。

少年智则国智，少年富则国富；少年强则国强，少年独立则国独立；少年自由则国自由；少年进步则国进步；少年胜于欧洲则国胜于欧洲；少年雄于地球则国雄于地球。红日初升，其道大光。河出伏流，一泻汪洋。潜龙腾渊，鳞爪飞扬。乳虎啸谷，百兽震惶。鹰隼试翼，风尘翕张。奇花初胎，矞矞皇皇。干将发硎，有作其芒。天戴其苍，地履其黄。纵有千古，横有八荒。前途似海，来日方长。美哉我少年中国，与天不老！壮哉我中国少年，与国无疆！

——《少年中国说》节选

49 - 鲁迅

鲁迅

姓名

姓周，名树人，字豫才

年代

清末民初

身份

文学家、思想家；中国现代文学奠基人之一

代表作

《呐喊》《彷徨》《朝花夕拾》《野草》《华盖集》《中国小说史略》等

鲁迅（1881—1936），原名周樟寿，后改名周树人，字豫山，后改字豫才，浙江绍兴人。著名文学家、思想家、革命家、教育家，新文化运动的重要参与者，中国现代文学的奠基人之一。

鲁迅一生在文学创作、文学批评、思想研究、文学史研究、翻译、美术理论引进、基础科学介绍和古籍校勘与研究等多个领域都有重大贡献。他对于五四运动以后的中国社会思想文化发展影响巨大，蜚声世界文坛，尤其在韩国、日本思想文化领域有极其重要的地位和影响，被誉为“二十世纪东亚文化地图上占最大领土的作家”。1986年设立了鲁迅文学奖，与老舍文学奖、茅盾文学奖、曹禺戏剧文学奖并称“中国四大文学奖”。

我们都知道鲁迅去日本留学，刚开始学医，后来弃医从文，以笔为剑，用文字与封建旧势力作斗争，开启民智，其文学界的“战士”形象深入人心。实际上，鲁迅不仅是文学家，也是个设计师，他设计了自己作品的封面装帧，对近代中国的书籍设计有很大的影响。此外，北大现在的校徽就是以鲁迅的设计稿为基础丰富和发展而来的。

轶闻趣事

鲁迅任教于厦门大学时，学校因办学经费紧张，开会讨论准备压缩国学院的编制，教授们大力反对。辩到急处，校长林文庆有些发火："学校经费是有钱人拿出来的，只有有钱的人，才有发言权。"鲁迅一听大怒，掏出两个银角拍到桌上："我也有钱，我也有发言权！"

鲁迅曾用过多少个笔名？

鲁迅曾用过很多笔名，据学者研究统计，有180多个，从一个字到六个字、从字母到汉字的都有，比如L、翁隼、华约瑟、宴之敖者、朝花社同人、上海三闲书屋，等等。"鲁迅"是他1918年5月在《新青年》杂志第4卷第5号上发表第一篇白话小说《狂人日记》时首次使用的笔名。为什么叫"鲁迅"，据他自己的解释，有如下三点原因：（一）母亲姓鲁；（二）周鲁是同姓之国；（三）取愚鲁而迅速之意。

鲁迅的主要著作有哪些？

小说集《呐喊》《彷徨》《故事新编》，散文诗集《野草》，散文集《朝花夕拾》，杂文《华盖集》《且介亭杂文集》，学术著作《中国小说史略》《汉文学史纲要》《中国小说的历史的变迁》，翻译作品《域外小说集》，等等。

1926年10月北新书局初版的《呐喊》，封面即为鲁迅设计

鲁迅有哪些名言常被人引用？

有人统计了高考最常被满分作文引用的四大名家，依次是王小波、毛姆、鲁迅和卡尔维诺。现在网上托名鲁迅的名言很多，甚至有人说如

果一句话你不知道是谁说的，就可以说是鲁迅说的。鲁迅最常被引用的名言如下：

时间就像海绵里的水，只要愿挤，总还是有的。

倘只看书，便变成书橱。

我好像是一只牛，吃的是草，挤出的是奶、血。

其实地上本没有路，走的人多了，也便成了路。

哪里有天才，我只不过是把别人喝咖啡的时间都用在工作上了。

惟有民魂是值得宝贵的，惟有它发扬起来，中国才有真进步。

沉着、勇猛、有辨别、不自私。

必须敢于正视，这才可望敢想、敢说、敢做、敢当。

人类总不会寂寞，因为生命是进步的，是天生的。

事实是毫无情面的东西，它能将空言打得粉碎。

其实先驱者本是容易变成绊脚石的。

贪安稳就没有自由，要自由就要历些危险。只有这两条路。

时间就是性命。无端地空耗别人的时间，其实是无异于谋财害命的。

做一件事，无论大小，倘无恒心，是很不好的。

死者倘不埋在活人心中，那就真正死掉了。

改造自己，总比禁止别人来的难。

当我沉默的时候，我觉得充实；我将开口，同时感到空虚。

过去的生命已经死亡。我对于这死亡有大欢喜，因为我借此知道它曾经存活。

但我坦然，欣然。我将大笑，我将歌唱。

不在沉默中爆发，就在沉默中灭亡。

巨大的建筑，总是由一木一石叠起来的，我们何妨做做这一木一石呢？我时常做些零碎事，就是为此。

凡事总需研究，才会明白。

使一个人的有限的生命，更加有效，也即等于延长了人的生命。

人生最苦痛的是梦醒了无路可走。

希望是附丽于存在的，有存在，便有希望，有希望，便是光明。

哀其不幸，怒其不争。

悲剧将人生的有价值的东西毁灭给人看，喜剧将那无价值的撕破给人看。

伟大的心胸，应该表现出这样的气概——用笑脸来迎接悲惨的厄运，用百倍的勇气来应付一切的不幸。

不满足是向上的齿轮。

只看一个人的著作，结果是不大好的：你就得不到多方面的优点。必须如蜜蜂一样，采过许多花，这才能酿出蜜来。倘若叮在一处，所得就非常有限，枯燥了。

即使艰难，也还要做；愈艰难，就愈要做。改革，是向来没有一帆风顺的，冷笑家的赞成，是在见了成功之后……

50 周作人

周作人

姓名

姓周，名作人，号知堂

年代

现代

身份

文学家、翻译家、文学理论家

代表作

《自己的园地》《雨天的书》《谈龙集》《知堂文集》《近代欧洲文学史》《中国新文学源流》

周作人（1885—1967），鲁迅之弟，原名周櫆寿，后改名周作人，字星杓，笔名遐寿、仲密、岂明，号知堂、药堂等，浙江绍兴人。中国现代著名作家、评论家、诗人、翻译家，中国民俗学开拓人，新文化运动的杰出代表。“五四运动”之后，周作人与郑振铎、沈雁冰、叶绍钧、许地山等人发起成立“文学研究会”；并与鲁迅、林语堂、孙伏园等创办《语丝》周刊，任主编和主要撰稿人。周作人是我国启蒙主义思想的倡导者，他提出了著名的“人的文学”“平民文学”以及“思想革命”的文学口号，成为新文学的支柱理论。

轶闻趣事

周作人看待中国书（包括所有的文学艺术）有一条非常独特的标准，就是要看作者“对待人的态度”，特别是“对待女人儿童的态度”。以此标准来看，中国书中只有《红楼梦》是好的，《西游记》和《聊斋志异》可以给儿童带来乐趣，也可以读读。周作人博览群书，他说：“我最为佩服的中国思想家只有三人：一是汉王充，二是明李贽，三是清俞正燮。”

名句

喝茶当于瓦屋纸窗之下，清泉绿茶，用素雅的陶瓷茶具，同二三人共饮，得半日之闲，可抵十年的尘梦。

我们于日用必需的东西以外，必须还有一点无用的游戏与享乐，生活才觉得有意思。

人类的最大弱点之一是自命不凡的幻想。

周作人有哪些翻译著作？

除了文学创作，周作人对中国文学的贡献还在于他翻译了大量的外国作品。周作人精通日语、古希腊语、英语，并曾自学古英语、世界语，很早就开始从事翻译工作，被称为“兴趣型”翻译家。1909年，鲁迅与周作人在东京出版了他们的第一部译作《域外小说集》。中华人民共和国成立后，周作人更是将主要精力放在翻译工作上。他翻译的作品包括古希腊喜剧《财神》（阿里斯托芬作）、《希腊神话》、《伊索寓言》全译本、古希腊悲剧《欧里庇得斯悲剧集》（与罗念生合作翻译）；日本现存最早的历史和文学著作《古事记》、日本滑稽短剧《狂言选》、日本平安时代随笔代表作《枕草子》等。他觉得最有成就感的译作是用古希腊语写作的古罗马叙利亚作家、哲学家路吉阿诺斯的作品选《路吉阿诺斯对话集》。

周作人的散文有何特点？

在现代文学史上，因为与其兄鲁迅的恩恩怨怨，也因为其曾在汪精卫伪政府担任过职务，周作人始终是一个有争议的人物。但是，单单从文学角度而言，他的散文可以说是中国散文史上的一座高峰，并不比他的哥哥差，只是两个人的风格不同，志向有别。鲁迅是战士的风格，时时刀剑在手准备战斗，揭露、批判现实，尖锐泼辣，锋芒毕露；而周作人更多的是旧式文人的流连光景，主张“人的文学”，解放人性，展现“理想生活”，要表现个人的闲适、寂寞与不平，把玩人生的苦趣，清新淡雅，温和蕴藉。

51 林语堂

林语堂

姓名

姓林，名语堂

年代

现代

身份

作家、翻译家、语言学家

代表作

《京华烟云》《吾国与吾民》《生活的艺术》《老子的智慧》《苏东坡传》等

林语堂（1895—1976），福建龙溪（今漳州）人，原名和乐，后改玉堂，又改语堂，现代作家、学者、翻译家、语言学家。早年留学美国、德国，获哈佛大学文学硕士，莱比锡大学语言学博士。林语堂曾创办《论语》《人间世》等刊物，提倡“以自我为中心，以闲适为格调”的小品文。其作品包括小说《京华烟云》《啼笑皆非》，传记《苏东坡传》，散文和杂文文集《人生的盛宴》《吾国与吾民》《生活的艺术》以及译著《东坡诗文选》《浮生六记》，等等。此外，他还主持编撰有《林语堂当代汉英词典》。

轶闻趣事

林语堂在东吴大学讲英文课，开学第一天带了个皮包，里面竟是满满一包带壳的花生。他将花生分给学生享用，把课堂变成了茶馆。然后林语堂开始用地道的英语讲课，内容是吃花生之道。接着，他又将话锋一转，说道：“花生米又叫长生果。诸君第一天上课，请吃我的长生果。祝诸君长生不老！以后我上课不点名，愿诸君吃了长生果，更有长性，不要逃课。”学生们恍然大悟：花生不白吃啊！

名句

诗歌为中国人的宗教。

中国最崇高的理想，就是一个人不必逃避人类社会和人生，而本性仍能保持原有的快乐。

豁达的人生观，率真无伪的态度，加上炉火纯青的技巧，再以轻松愉快的方式表达出来，这便是幽默。

一提到苏东坡，中国人总是亲切而温暖地会心一笑。

林语堂哪部著作被誉为“现代版的《红楼梦》”，并使林语堂获得了诺贝尔文学奖提名？

林语堂的小说《京华烟云》。《京华烟云》是林语堂1818—1839年间，旅居巴黎时用英文创作的长篇小说，英文书名为“Moment in Peking”，于1939年首次出版，《京华烟云》是他转译为中文后的书名，也有译者将这本书译为《瞬息京华》。《京华烟云》讲述了北平曾、姚、牛三大家族从1901年义和团运动到抗日战争爆发，三十多年间的悲欢离合和恩怨情仇，全景式展现了现代中国社会风云变幻的历史风貌，被誉为“现代版的《红楼梦》”，使林语堂两度获得诺贝尔文学奖提名。

林语堂最“偏爱”的作品是哪部？

《苏东坡传》是林语堂最得意的作品，也是中国现代长篇传记开标立范之作，充分表现了传主苏东坡的个性、才华和魅力。《苏东坡传》原用英文写成，于1947年首次出版，英文书名为“The Gay Genius：The Life and Times of Su Tungpo”。20世纪70年代出版了两种中文译本，均译为《苏东坡传》。林语堂用诗般的语言毫不掩饰地表达了对苏东坡的热爱，我们摘录一段感受一下：

苏东坡是一个无可救药的乐天派、一个伟大的人道主义者、一个百姓的朋友、一个大文豪、大书法家、创新的画家、造酒试验家、一个工程师、一个憎恨清教徒主义的人、一位瑜伽修行者、佛教徒、巨儒政治家、一个皇帝的秘书、酒仙、厚道的法官、一位在政治上专唱反调的人。一个月夜徘徊者、一个诗人、一个小丑。但是这还不足以道出苏东坡的全部……苏东坡比中国其他的诗人更具有多面性天才的丰富感、变化感和幽默感，智能优异，心灵却像天真的小孩——这种混合等于耶稣所谓蛇的智慧加上鸽子的温文。

52 郭沫若

郭沫若

姓名

姓郭，名开贞，字鼎堂

年代

现代

身份

作家、历史学家、考古学家

代表作

《甲申三百年祭》《李白与杜甫》《星空》《女神》《屈原》《蔡文姬》

郭沫若（1892—1978），出生于四川乐山沙湾，本名郭开贞，字鼎堂，号尚武，笔名除郭沫若外，还有麦克昂、郭鼎堂、石沱、高汝鸿、羊易之等，中国现代作家、历史学家、考古学家。郭沫若是甲骨学四堂（近代研究甲骨文的四位著名学者：罗振玉号雪堂、王国维号观堂、郭沫若字鼎堂、董作宾字彦堂）之一，新诗奠基人之一，中国历史剧的开创者之一，第一届“中央研究院”院士。郭沫若在历史学、考古学、古文字学、古器物学、文学、艺术等方面都有很高的造诣。

轶闻趣事

郭沫若自幼机敏聪慧，善于对对子。8岁时与几个同学去寺庙里偷桃子吃。事后，庙里的和尚找到他们的老师告状。老师逐个追问学生，可谁都不承认。于是老师出了一条挖苦学生的上联：“昨日偷桃钻狗洞，不知是谁？”并声明说，谁要对出了下联就可以免除责罚。郭沫若听罢脱口答道：“他年攀桂步蟾宫，必定有我！”古代文人常把“攀桂步蟾宫”比喻考中状元，形容大有作为。郭沫若对答的下联一语双关：昨天偷桃子的有我，将来出类拔萃的也有我。老师看到他这么有才华，很高兴，就不责罚偷桃子的学生了。

名句

韬略终须建新国，奋发还得读良书。

好事流传千古，良书播惠九洲。

读不在三更五鼓，功只怕一曝十寒。

郭沫若第一本诗集是什么？有什么意义？

郭沫若1921年出版了第一本诗集《女神》，收入1919到1921年间的诗作，连同序诗共57篇。其中代表诗作有《凤凰涅槃》《女神之再生》《地球，我的母亲》《天狗》《立在地球边上放号》等。该诗集收录的诗作手法多样，雄浑奔放，以崭新的内容和形式，开一代诗风，成为中国新诗的奠基之作，《女神》也被誉为中国新文学史上最具革命浪漫主义因素最早的名著。

53 叶圣陶

叶圣陶

姓名

姓叶，名绍钧，字圣陶

年代

现代

身份

作家、教育家，优秀的语言艺术家

代表作

《隔膜》《线下》《倪焕之》《脚步集》《西川集》《稻草人》等

叶圣陶（1894—1988），生于江苏苏州，原名叶绍钧，字秉臣，辛亥革命后改字圣陶，现代作家、教育家、文学出版家和社会活动家，有“优秀的语言艺术家”之称。1921年，叶圣陶与朱自清等发起了新文学史上第一个诗歌团体——“中国新诗社”，次年又创办了我国新文学史上第一个诗歌刊物——《诗》。

轶闻趣事

叶圣陶曾说过：“如果有人问我的职业，我会说，我的第一职业是编辑，我的第二职业是老师。”他先后在上海商务印书馆和开明书店担任编辑，很多作品都是在担任编辑期间编写的。

名句

理想是事业之母。

我以为好的先生不是教书，不是教学生，乃是教学生学。

对于一个有思想的人来说，没有一个地方是荒凉地带。

中国第一本为儿童而写的童话集是什么？

我国第一本童话故事集是1923年商务印书馆出版的、叶圣陶创作的《稻草人》。这本书以稻草人的视角观察世界：可怜的农妇、可怜的渔妇、可怜的自杀者、可怜的鲫鱼等等。人世间存在各种各样的悲剧，然而对于这些悲剧，稻草人什么都挽救不了、改变不了。童话也以悲剧结尾，稻草人在内疚感与无力感之间纠结，最终"倒在田地中间"。鲁迅评价说："《稻草人》是给中国的童话开了一条自己创作的路的。"叶圣陶还有《古代英雄的石像》《玫瑰和金鱼》《小白船》等童话作品。

叶圣陶为什么总改名字？

为了让名字体现出自己的爱国精神和远大志向，叶圣陶改过很多次名字。他原名叶绍钧，上小学时，请老师章伯寅取一个立志于爱国、强国的字。章先生说："你名绍钧，有诗曰'秉国之钧'，取'秉臣'为字好。"并教育他要爱国就得先爱乡土。辛亥革命后，叶绍钧找到章伯寅先生说："清廷已覆没，皇帝被打倒了，我不能再作臣了，请先生改一个字。"先生笑了笑说："你名绍钧，有诗曰'圣人陶钧万物'，就取'圣陶'为字吧。"

54 茅盾

茅盾

姓名
姓沈，名德鸿，字雁冰，笔名茅盾

年代
现代

身份
作家、文学评论家、社会活动家

代表作
《春蚕》《秋收》《残冬》《幻灭》《动摇》《追求》《子夜》《霜叶红似二月花》《林家铺子》《白杨礼赞》等

茅盾（1896—1981），原名沈德鸿，笔名茅盾、郎损、玄珠、方璧、止敬等，字雁冰，浙江桐乡人。中国现代作家、文学评论家、文化活动家以及社会活动家。现代作家的笔名都很多，据说沈雁冰有98个笔名，茅盾是他最常用、也最为人熟知的。1927年，大革命失败，沈雁冰被迫隐居在上海，郁郁不得志，期间创作了小说《幻灭》，宣泄内心的情感。小说完成后他四处投稿，但许多报社都不敢登他的文章。这使得他内心十分矛盾，于是在手稿上署名“矛盾”。稿子最后交给了《小说月报》的编辑叶圣陶，叶圣陶觉得小说很好，但是对署名提出了意见，认为这是个哲学名词，不像人名，而且在当时那样的环境下使用如此尖锐的笔名不太好，就自作主张在“矛”字上加了一个草字头，改作“茅盾”。沈雁冰很满意，以后就一直以此为笔名了。

轶闻趣事

茅盾的父亲是清末的秀才，也是具有开明思想的维新派人士。母亲是一位通文理、有远见、性格坚强的女性。茅盾10岁丧父，母亲就承担起了教育他的责任。茅盾说：“我的第一个启蒙老师是我母亲。”

名句

书本上的知识而外，尚须从生活的人生中获得知识。

只有竹子那样的虚心，牛皮筋那样的坚韧，烈火那样的热情，才能产生出真正不朽的艺术。

青年！你们背上的担子是一天重似一天，你们的生命之火应向改造社会那条路上燃烧，决不可向虚幻的享乐道上燃烧。

你知道“茅盾文学奖”吗?

1981年去世前，茅盾将稿费25万元人民币捐出，设立茅盾文学奖，以鼓励当代优秀长篇小说的创作。茅盾文学奖是中国第一个以个人的名义命名的文学奖项，是中国长篇小说最高的文学奖项之一。

大文学家茅盾曾经字迹潦草吗?

茅盾从小就胸怀大志，12岁时茅盾在考试的作文中就写下了“大丈夫当以天下为己任”，作为他的追求和信仰。后来，他确实成了“大文学家”。现在我们还认为茅盾是一位有着极高书法造诣的文学家，尽管他一直未敢称自己是书法家。但是其实茅盾曾经因字迹潦草而有过一场“小惊吓”。17岁那年夏天，茅盾中学毕业，报考北京大学预科第一类。他自觉考得不错，就安心地在家等候消息。想不到发榜时竟没有“沈德鸿”这个名字，他非常失望。但是不久以后，他却收到了北京大学的入学通知，通知书上写的名字是“沈德鸣”。茅盾赶忙跑到报名处去查报名单，发现自己在填报名单时，信笔涂鸦，字迹潦草，把“鸿”字写得像“鸣”字了。这件事对他触动很大。从此，他写字从不草率，总是一笔一画，端端正正，直到80多岁高龄写回忆录时，还用毛笔正楷书写，字迹清晰俊秀。

55 朱自清

朱自清

姓名

姓朱，名自华、自清，字佩弦

年代

现代

身份

散文家、诗人、学者

代表作

《春》《背影》《荷塘月色》《匆匆》《经典常谈》等

朱自清（1898—1948），原名自华，号实秋，后改名自清，字佩弦。原籍浙江绍兴，出生于江苏东海县。中国现代散文家、诗人、学者。朱自清这个名字是他1917年报考北京大学时改的，出自《楚辞·卜居》“宁廉洁正直以自清乎”，意思是廉洁正直使自己保持清白，表明了他的志向，也勉励自己在困境中不迷失方向。他同时还取字“佩弦”。“佩弦”出自《韩非子·观行》“董安于之性缓，故佩弦以自急”，意思是慢性子的人佩绷紧的弦在身上，以自我警示。朱自清的第一部散文集《背影》出版于1928年。著名的散文有《春》《背影》《荷塘月色》《桨声灯影里的秦淮河》《匆匆》，游记散文集《欧游杂记》《伦敦杂记》，论著《经典常谈》，等等。其中《桨声灯影里的秦淮河》被誉为“白话美术文的模范”。

轶闻趣事

朱自清在西南联大教书时对学生热情鼓励，但并不轻易夸奖学生，往往会因为一个问题与学生争得不可开交。他曾风趣地对学生说：“你们不易说服我，我也不易说服你们，甚至我连我的太太也说不服，虽然民主的精神在于说服。”

名句

燕子去了，有再来的时候；杨柳枯了，有再青的时候；桃花谢了，有再开的时候。但是，聪明的，你告诉我，我们的日子为什么一去不复返呢？

沉默是一种处世哲学，用得好时，又是一种艺术。

多年前踏上火车时，我还没有意识到，从此我的故乡没有春夏，只有秋冬。

毛泽东说谁“一身重病，宁可饿死，不领美国的救济粮”？

朱自清。1948年5月，上海学生发起了反对美帝国主义扶植日本侵略势力复活的签名运动，后来反帝爱国风暴波及全国。当时的国民党政府为了收买人心，发放了配购证，用此证可低价购买“美国面粉”。患胃病多年的朱自清参与了《抗议美国扶日政策并拒绝领取美援面粉宣言》的签名活动，并让家人不买配售面粉。8月12日，朱自清因患严重的胃病（严重的胃溃疡导致的胃穿孔）逝世。

朱自清有多喜欢用叠词？

朱自清喜欢用叠词，叠词增强了物态清貌的形象感，而且构成鲜明的节奏、和谐的韵律，富于音乐美。据统计，《荷塘月色》用了26个叠词，《桨声灯影里的秦淮河》用的叠词则多达72处。

56 闻一多

闻一多

姓名

姓闻，名一多，字友三

年代

现代

身份

诗人、学者、民主战士

代表作

诗集《红烛》《死水》，学术论著《神话与诗》《唐诗杂论》《古典新义》等

闻一多（1899—1946），本名闻家骅，字友三，湖北浠水县人，现代诗人、学者、民主战士。1923年出版第一本新诗集《红烛》（共103首诗），该诗集将反帝爱国的主题和唯美亮丽的形式结合在一起，气势恢宏、语言豪放，明显受到美国新诗的影响。1946年7月15日，闻一多被国民党特务暗杀。闻一多不仅是诗人，也是杰出的古典文学研究专家。他对《周易》《诗经》《庄子》《楚辞》四大古籍的整理研究，被郭沫若称为“前无古人，后无来者”。

轶闻趣事

闻一多上课很别致。据学生回忆，他身穿黑色长袍昂然走进教室，常常先掏出烟盒笑着问学生：“哪位吸？”学生自然不敢接，只是笑笑。他就点了一支，自己吞云吐雾，拖长声音念上一句：“痛饮酒，熟读《离骚》，方得为真名士！”然后才开始正式上课。

名句

诗人最主要的天赋是爱，爱他的祖国，爱他的人民。
书要读懂，先求不懂。
人家说了再做，我是做了再说，人家说了也不一定做，我是做了也不一定说。
我爱中国固因他是我的祖国，而尤因他是有那种可敬爱的文化的国家。

《七子之歌》中，“七子”是哪“七子”？

有感于祖国国弱民穷的现状，闻一多于1925年3月在美国纽约创作了《七子之歌》。为了能够早日报效祖国，拯救人民于水火之中，他毅然决定提前结束留学生涯，启程回国。1925年7月，《七子之歌》发表。作品以拟人的手法，分别将七处失地（澳门、香港、台湾、威海卫、广州湾、九龙岛、旅顺和大连）比作远离母亲怀抱的七个孩子，创作了七首诗歌，每首七句，用孩子的口吻表达他们渴望重回母亲怀抱的强烈情感。一经发表，就引起了广大爱国青年和群众的强烈共鸣。1999年12月20日，澳门回归祖国时，人们又唱起了《七子之歌·澳门》。

闻一多诗歌的风格特点是什么？

闻一多性格激烈热情，内心有着巨大的“火山”，然而他的艺术观又是古典浪漫主义的，要求以理性节制情感，遵循艺术规范，两者之间的张力形成了他的诗歌特有的“沉郁”风格。主要体现为两点——

一、感情抒发的含蓄蕴藉。作为古典诗歌的研究者，闻一多受中国古典诗歌的影响颇深，同时，对西方现代诗歌象征、暗示等手法也比较熟悉，这些在他的诗歌中都有所体现。闻一多用理智约束个人喷薄欲出的浓烈情感，把诗情浓缩于精心选取的意象上，并逐步向纵深开掘，感情逐层递进，各种表现手法营造出幽静深沉的意境，给读者以无限的想象空间。

二、诗歌情感与韵律上的沉郁顿挫。闻一多善于通过意象、韵律和情感的冲突展现一种矛盾的张力，在对立冲突中展现诗歌的沉郁之美。如其代表作——现代格律诗《死水》，其严谨整齐的格律诗形式与要求情感解放的内容表达之间的矛盾冲突，“桃花”“翡翠”与“破铜烂铁”“残羹剩饭”等意象之间形成的鲜明美丑对比，更加凸显了诗歌韵律与情感上的沉郁顿挫，形成了诗作中的沉郁之美。

57 老舍

老舍

姓名

姓舒，名庆春，字舍予

年代

现代

身份

作家、编剧、人民艺术家

代表作

长篇小说《老张的哲学》《骆驼祥子》《四世同堂》，中篇小说《月牙儿》《我这一辈子》，剧本《茶馆》《龙须沟》

老舍（1899—1966），原名舒庆春，字舍予，另有笔名絜青、鸿来、非我等。因为老舍生于立春，父母为他取名“庆春”。上学后，自己更名为舒舍予，含有“舍弃自我”，亦即“忘我”的意思。中国现代作家、语言大师、人民艺术家、北京人艺编剧，中华人民共和国第一位获得“人民艺术家”称号的作家。

轶闻趣事

《青年界》杂志曾向老舍催过稿。老舍在寄稿的同时，还寄去了一封带戏曲味的幽默的“答催稿信”：元帅发来紧急令：内无粮草外无兵！小将提枪上了马，《青年界》上走一程，吠！马来！参见元帅。带来多少人马？两千来个字！还都是老弱残兵！后帐休息！得令！正是：旌旗明日月，杀气满山头！

名句

生活是种律动，须有光有影，有左有右，有晴有雨，滋味就含在这变而不猛的曲折里。

哲人的智慧，加上孩子的天真，或者就能成个好作家了。

才华是刀刃，辛苦是磨刀石，再锋利的刀刃，苦日久不磨，也会生锈。

老舍怎样为自己的作品打广告?

1934年，《论语》半月刊连载老舍的长篇小说《牛天赐传》，老舍为自己的作品撰写了这样的广告：

《离婚》是本小说，不提倡离婚。《小坡的生日》是本童话，又不大像童话。《二马》又是本小说，而且没有马。《赵子曰》也是本小说。《老张的哲学》是本小说，不是哲学。

1935年老舍又为其小说集《樱海集》写了广告：

《上任》写山大王拜访侦探长。《邻居们》写不打不相识。《月牙儿》写一个穷女子的生活。《阳光》写一个阔女子的生活。

《骆驼祥子》的主要内容是什么?

《骆驼祥子》以一个北平（北京）人力车夫祥子的行踪为线索，以20世纪20年代末期的北京市民生活为背景，以祥子坎坷、悲惨的生活遭遇为主要情节，揭露了旧中国的黑暗社会现实，表达了对劳动人民的深切同情，向人们展示了北京底层贫苦百姓在痛苦深渊中挣扎的生活图景。

老舍是“爱猫党”吗?

是的，老舍很喜欢猫，据说他养过五只猫，其中有一只猫叫“球”，在散文《一天》中，老舍描写了自己如何“公然哆嗦”，也仍壮起胆子上墙救小猫“球”。老舍的很多文章都提到了猫，如状物散文《猫》，描述了他养的家猫，其形象在老舍的笔下栩栩如生，挚情跃然纸上，表达了作者对猫的挚爱之情。其他如《猫的早餐》《多鼠斋杂谈》等。老舍还写过一篇好玩的科幻童话故事《猫城记》，写“我”与同伴乘坐飞机到火星探险，飞机坠落，同伴身亡，“我”来到了猫国，在这里“我”经历了种种奇遇。

58 冰心

冰心

姓名

姓谢，名婉莹，笔名冰心

年代

现代

身份

作家、儿童文学作家、翻译家

代表作

《繁星》《春水》《寄小读者》《小橘灯》《超人》等

冰心（1900—1999），原名谢婉莹，福建福州长乐区人，现代作家、翻译家、儿童文学作家、社会活动家、散文家，中国现代文学史上第一位女诗人。1919年8月的《晨报》上，冰心发表了第一篇散文《二十一日听审的感想》和第一篇小说《两个家庭》。1923年开始陆续发表总名为《寄小读者》的通讯散文，成为中国儿童文学的奠基之作。冰心的散文语言清丽典雅，人们把冰心作品中既有白话文的流畅明晰，又有文言文的洗练华美的语言称为“冰心体”。

轶闻趣事

冰心从小喜欢阅读，很早就接触了古典文学作品。7岁时，她就读完了《水浒传》《三国演义》等古典文学名著；10岁时，冰心开始对唐诗感兴趣，很快就能背诵许多有名的诗篇，并开始学做对联。有一次，老师刚说“鸡唱晓”，她脱口对出“鸟鸣春”；老师一愣，又说“榴花照眼红”，她从容应道“柳絮笼衣白”。老师很高兴，连声叫好。

名句

成功的花，人们只惊羡她现时的明艳！然而当初她的芽儿，浸透了奋斗的泪泉，洒遍了牺牲的血雨。

世界上，来路便是归途，归途也成来路。

人类呵！相爱罢，我们都是长行的旅客，向着同一的归宿。

你知道“冰心”这一笔名的来历吗？

“冰心”比喻纯洁的心，出自唐代诗人王昌龄的《芙蓉楼送辛渐》一诗：“洛阳亲友如相问，一片冰心在玉壶。”冰心和玉壶都晶莹剔透，纯洁清白。“冰心在玉壶”指品行高尚、心地纯洁。

以“冰心”命名的文学奖项有哪些？

冰心文学奖是我国唯一的国际华人儿童文学艺术大奖，分为冰心儿童图书奖、冰心儿童文学新作奖、冰心艺术奖、冰心摄影文学奖等四个奖项。

冰心散文奖是中国散文学会根据冰心女士的遗愿于2000年创立的，是我国文学奖中最重要的奖项之一，代表了中国散文最高、最专业的水准。

59 沈从文

沈从文

姓名

姓沈，名从文，字崇文

年代

现代

身份

作家、历史文物研究者

代表作

《边城》《长河》《从文自传》《湘行散记》等，及《中国古代服饰研究》

沈从文（1902—1988），原名沈岳焕，字崇文，湖南凤凰人，中国著名作家、历史文物研究者。他1922年到北京后开始文学创作，1924年起，先后在《晨报副镌》《新月》《小说月报》等刊物上发表作品。创作中影响较大的是乡土小说，主要表现士兵、船夫和湘西少数民族的生活，代表作是《边城》。他晚年的专著《中国古代服饰研究》一书，填补了中国物质文化史上的一页空白。

轶闻趣事

胡适主持中国公学时，聘请沈从文讲授小说创作。第一天上课时，沈从文紧张得讲不出话来，十几分钟后才转身在黑板上写道：我第一次上课，见你们人多，怕了。这堂课，他准备了一个多小时的内容，结果慌乱中只花了十几分钟就讲完了。有人把这事儿反映到胡适那儿。胡适却答："上课讲不出话来，学生不轰他，这就是成功。"

名句

日头没有辜负我们，我们也切莫辜负日头。

我一生最怕是闲，一闲就把生命的意义全失去了。

我行过许多地方的桥，看过许多次数的云，喝过许多种类的酒，却只爱过一个正当最好年龄的人。

《边城》带火了哪个地方的旅游？

《边城》以20世纪30年代川湘交界的边城小镇茶峒为背景，以优美的笔触，描绘了当地独特的风土人情；通过船家少女翠翠的爱情故事，展现出人性的善良美好。《边城》入选了20世纪中文小说100强，排名第二位，仅次于鲁迅的《呐喊》，在中国现代文学史上具有独特的地位。边城带火了凤凰古城的旅游业。沈从文写的《边城》并不在凤凰，但是因为沈从文是凤凰人，凤凰有沈从文的故居，所以，《边城》的读者都喜欢来凤凰古城。

沈从文是大学者、大作家，他小时候调皮吗？

沈从文在文昌阁小学读书的时候，活泼好动且贪玩，常常逃学去街上看木偶戏，书包就藏放在土地庙里。有一次他逃学看了一整天的戏，第二天硬着头皮去上学，在校园里遇见了级任（负责一个年级教学和管理工作的教师）毛老师。毛老师罚沈从文跪在树下，责问他昨天到哪里去了。沈从文回答："看戏去了。"毛老师见沈从文贪玩逃学还如此理直气壮，便狠狠地批评说："勤有功，戏无益，树喜欢向上长，你却喜欢在树底下，高人不做，做矮人，太不争气了！"沈从文听了很惭愧，下决心改掉坏习惯，从那以后勤奋学习，成绩提高得非常快。

60 巴金

巴金

姓名

姓李，名尧棠，字芾甘，巴金为笔名

年代

现代

身份

文学家、出版家、翻译家

代表作

《家》《春》《秋》《雾》《雨》《电》

巴金（1904—2005），出生于四川成都，本名李尧棠，字芾甘，笔名除巴金外，还有王文慧、欧阳镜蓉、黄树辉、余一等，现代著名文学家、出版家、翻译家，五四新文化运动以来最有影响力的作家之一。2003年，国务院授予巴金"人民作家"的荣誉称号。

轶闻趣事

1928年8月，巴金在法国完成了第一部小说《灭亡》，第一次使用了"巴金"这个笔名。他在拉封丹中学的中国同学巴恩波不久前投水自杀了，为纪念同学，他用了"巴"字，而"金"字，是因为他刚译完俄国无政府主义者克鲁泡特金的著作。这就是"巴金"笔名的由来。还有一个说法，"巴金"是俄国的两位无政府主义者巴枯宁和克鲁泡特金的首尾两字联合而成。

名句

要做一个在寒天里送炭，在痛苦中安慰的人。
我之所以写作，不是我有才华，而是我有感情。
光辉的理想像明净的水一样，洗去我心灵上的尘垢。

什么是"激流三部曲""爱情三部曲"？

"激流三部曲"是巴金创作的系列小说作品，包括《家》《春》《秋》三部作品。该系列小说主要描写大家庭高家的没落及分化，其中《家》最为有名，《家》原名为"激流"，描写了高家三兄弟觉新、觉民、觉慧受到了新文化运动的感召，开始与封建大家庭斗争，走上了不同的人生道路。"爱情三部曲"由《雾》《雨》《电》三篇有连续关系又各自独立的中篇小说组成，主要描写了不同性格的知识分子在面对爱情时的不同表现，以此探索青年人追求理想和信仰的道路。

你知道中国现代文学的六位大师"鲁郭茅，巴老曹"都是谁吗？

鲁迅、郭沫若、茅盾、巴金、老舍、曹禺。

61 - 曹禺

曹禺

姓名

姓万，名家宝，笔名曹禺

年代

现代

身份

现代话剧剧作家、戏剧教育家

代表作

《雷雨》《日出》《原野》《北京人》

曹禺（1910—1996），原名万家宝，字小石，小名添甲，祖籍湖北潜江，出生于天津，杰出的现代话剧剧作家、戏剧教育家。曹禺自小随继母辗转各个戏院听曲观戏，早早在心中播下了戏剧的种子。他所创造的每一个角色，都给人留下了难忘的印象。作为中国新文化运动的开拓者之一，曹禺与鲁迅、郭沫若、茅盾、巴金、老舍齐名。其代表作品有《雷雨》《日出》《原野》《北京人》等，主要作品皆创作于中华人民共和国成立前。曹禺是中国现代话剧的奠基人，也是中国现代话剧史上成就最高的剧作家，被誉为“东方的莎士比亚”。

轶闻趣事

曹禺本姓“万”（萬），他将万字的繁体上下拆为“草禺”，但是因为“草”不像个姓，于是取了草的谐音字“曹”，就得到了笔名“曹禺”。1926年，曹禺在《庸报》副刊上连载小说《今宵酒醒何处》，第一次使用笔名“曹禺”。

名句

一个真正的人，应该为人民用尽自己的才智，专长和精力，再离开人间。不然，他总会感受到遗憾，浪费了有限的生命。

我有一种谬论：战士应该死在战场上，作家应该死在书桌上，演员应该死在舞台上。

这就是生活啊，让你想想忍不住想哭，想想又忍不住想笑。

哪部作品是“中国现代话剧成熟的标志”？

曹禺的《雷雨》。《雷雨》是曹禺创作的第一部话剧，发表于1934年的《文学季刊》。这是一部杰出的现实主义的家庭悲剧，戏剧集中于一天时间（上午到午夜两点钟），讲述了周、鲁两个家庭、八个人物（周朴园、蘩漪、周萍、周冲、鲁侍萍、四凤、鲁大海、鲁贵）之间前后三十年的恩怨。它的出现标志着中国现代话剧的成熟，这具体表现在——

一、《雷雨》在主题上达到了一定的高度，揭露和批判社会问题，写出了封建家庭不合理关系所造成的罪恶和悲剧，还表现出对宇宙神秘性的探索和对人类命运的思考。

二、《雷雨》的结构、人物形象、语言都体现出话剧艺术的成熟。其结构安排紧凑精巧，戏剧冲突紧张激烈，人物形象生动丰满，人物命运跌宕起伏，具有艺术的真实性。此外，《雷雨》的语言浓烈、精确、传神，还有充满暗示性的潜台词来渲染舞台氛围。

三、《雷雨》在话剧民族化、群众化上有很大突破。曹禺对传统戏剧有深刻的理解，对西方戏剧也有本源的把握。他融合中西戏剧艺术，并进行了个人创造性的发挥，形成了《雷雨》鲜明的民族特色和个人风格，创造出了富于诗意的戏剧境界。

曹禺的话剧《北京人》中的“北京人”有何寓意?

《北京人》以一个典型的没落士大夫家庭曾家的衰落为故事发生的具体背景，写出了曾家三代人各自的人生遭际和思想性格。曹禺采取了戏剧象征的手法，将剧本命名为“北京人”，囊括史前社会、现实社会、理想社会三种北京人，象征着剧本主题的丰富含义。人类祖先“北京人”的纯朴、勇敢与健康已被封建文化的苍白、消沉与病态所替代。剧中的机器匠和袁氏父女象征理想中的“北京人”，曾皓、曾文清等代表现实中的“北京人”，瑞贞、愫芳等代表转变中的理想社会的北京人。剧作家力图对传统文化进行反思，找到通往新生活的精神力量。

62 汪曾祺

汪曾祺

姓名

姓汪，名曾祺

年代

当代

身份

作家、戏剧家；京派作家代表人物

代表作

《大淖记事》《受戒》《人间草木》《黄油烙饼》《沙家浜》等

汪曾祺（1920—1997），江苏高邮人，当代作家、散文家、戏剧家，京派作家的代表人物，在短篇小说创作上颇有成就。著有小说集《邂逅集》，小说《受戒》《大淖记事》，散文集《蒲桥集》，2019年《汪曾祺全集》出版，共分12卷，收入迄今为止发现的汪曾祺全部文学作品及书信、题跋等日常文书，共400多万字。被誉为“抒情的人道主义者，中国最后一个纯粹的文人，中国最后一个士大夫”。

轶闻趣事

汪曾祺上小学一年级时，课本中有一首《咏雪》诗：“一片一片又一片，两片三片四五片，七片八片九十片，飞入芦花都不见。”后来汪曾祺回忆说，他写散文、小说用的方法，也许就是从这最后一句诗悟出来的。“飞入芦花都不见”展现的是自然浑然一体的美感。汪曾祺自称“不善于作抽象的思维”，他更注意审美的意义，无论怎样地精心营构（一片一片……），最后“飞入芦花都不见”，不着痕迹，不刻意，自然而然地呈现美感。

名句

四方食事，不过一碗人间烟火。

我们有过各种创伤，但我们今天应该快活。

人生如梦，我投入的却是真情。世界先爱了我，我不能不爱它。

沈从文和汪曾祺是什么关系?

师生关系。汪曾祺高中时读了沈从文的小说，就暗暗发誓要成为沈从文先生的学生。后来，他如愿以偿考上西南联大，成为沈从文的学生，沈从文也对这个学生很满意，认为他将来“必有大成就”。汪曾祺的写作风格就定型于西南联大时期。汪曾祺坦白：“沈先生关于习作讲过的话，我只记得一点了。”当时他写了一篇小说给沈从文批阅，文中有两个人物的大量对白，“我竭力把对话写得美一点，有诗意，有哲理”，但沈从文跟他讲：你这不是人物对话，是两个聪明的脑壳在打架。“从此我知道对话就是人物所说的普普通通的话，要尽量写得朴素。不要哲理，不要诗意。这样才真实。”

汪曾祺是“美食博主”吗?

汪曾祺不仅是美文家，也是美食家，他写了很多饮食美文，成功引起了读者对美食的兴趣，是个不折不扣的“美食博主”。他的饮食美文有《豆腐》《端午的鸭蛋》《昆明的吃食》《五味》《故乡的食物》《食道旧寻》《四方食事》《泡茶馆》等等。汪曾祺的美食散文，食物之美味与文字之优美相得益彰，表现出诚心体味的人间烟火之美。他带货范围很广，从高邮鸭蛋到北京豆汁，从昆明米线到张家口的蘑菇，看似寻常的食物，在他笔下，都因浸润着与土地连结的深情与对生活的热爱而令人向往。汪曾祺通过写美食写出了风俗人情、历史文化知识、生活哲理，为读者提供了文化的熏陶和心灵的滋润。

63 余光中

余光中

姓名
姓余，名光中

年代
当代

身份
作家、诗人、学者、翻译家

代表作
《乡愁》《乡愁四韵》《听听那冷雨》《我的四个假想敌》

余光中（1928—2017），当代著名作家、诗人、学者、翻译家，出生于江苏南京，祖籍福建泉州永春。1950年赴台读书，1952年毕业于台湾大学外文系。之后赴美进修，回台湾后于大学任教。1974年任香港中文大学教授，晚年担任中山大学教授。代表作有《白玉苦瓜》（诗集）、《记忆像铁轨一样长》（散文集）及《分水岭上：余光中评论文集》（评论集）等。其诗作如《乡愁》《乡愁四韵》，散文如《听听那冷雨》《我的四个假想敌》等，都是广为传诵的名篇。

轶闻趣事

余光中很幽默。他曾在中山大学任教，学生们毕业后相约来为他庆祝生日。他对其中的女学生说："不要以为毕业离校，老师就没用了。写介绍信啦，做证婚人啦，为宝宝取名字啦，'售后服务'还多着呢！"大家笑得前仰后合。

名句

小时候，乡愁是一枚小小的邮票，我在这头，母亲在那头。

给我一瓢长江水啊长江水，酒一样的长江水，醉酒的滋味，是乡愁的滋味。

我最忘情的哭声有两次，一次，在我生命的开始；一次，在你生命的告终。

余光中还有哪篇文章值得推荐？

《写给未来的孩子》。节选如下——

……要爱自己和爱他人，要懂自己和懂他人。你的心要如溪水般柔软，你的眼波要像春天一样妩媚。你要会流泪，会孤身一人坐在黑暗中听伤感的音乐。你要懂得欣赏悲剧，悲剧能丰富你的心灵。

希望你不要媚俗。

你是个独立的人，无人能抹杀你的独立性，除非你向世俗妥协。

……

你知道2011年余光中是怎样续写《乡愁》的吗？

2011年余光中在华南理工大学演讲时，朗诵了自己续写的《乡愁》，续写部分如下——

而未来，
乡愁是一道长长的桥梁，
你来这头，
我去那头！

这一段续作描绘出了乡愁化作往来的桥梁，将海峡两岸紧密联系在一起、共同繁荣发展的图景，表达了余光中对两岸统一的殷切希望与坚定信心。

64 王蒙

王蒙（1934—），出生于北京，祖籍河北沧州，中国当代作家、学者，原中华人民共和国文化部部长，中国作家协会名誉主席。著有《青春万岁》《活动变人形》等近百部小说，其作品反映了中国人民在前进道路上的坎坷历程，作品翻译为二十多种语言在各国发行。

2019年9月17日，国家主席习近平签署主席令，授予王蒙“人民艺术家”国家荣誉称号。

轶闻趣事

王蒙很幽默，据说有一次他接受美国朋友的采访，美国朋友问他五十年代的王蒙和七十年代的王蒙，有哪些相同，哪些不同。王蒙回答得诙谐绝妙：“五十年代我叫王蒙，七十年代我还叫王蒙，这是相同的地方；五十年代我二十多岁，七十年代我四十多岁，这是不同的地方。”

名句

真正厉害的人从来不暴跳如雷，从来不泼污水。

不要着急，人生一世，最要紧的恰恰是耐心二字。

所谓成长，就是一些不切实际的幻想破灭了，而另一些合理的科学的理念一步一步变为现实。

王蒙创作的第一篇长篇小说是什么？

《青春万岁》。小说以高昂的革命乐观主义精神向读者展示了20世纪50年代初期，北京女七中高三女生热情洋溢的青春生活，刻画了一批成长于新旧交替时代的青年人特有的精神风貌：她们有理想，有热情，生活态度积极乐观。小说采用了色调鲜明的对比衬托手法，表现了不同社会制度下人物的命运，歌颂了青春的力量。2019年《青春万岁》入选“新中国70年70部长篇小说典藏”。

王蒙获得过茅盾文学奖吗？

2015年，80岁的王蒙获得茅盾文学奖，获奖作品是长篇小说《这边风景》，这是王蒙第一次获茅盾文学奖。小说以新疆农村为背景，从公社粮食盗窃案写起，用层层剥开悬念的艺术手法描写了西域独特的风土人情，为读者展示了一幅现代中国西部生活的全景图。同时也反映了汉、维吾尔两个民族在特殊历史背景下的真实生活，以及两族人民的相互理解与关爱。

65 冯骥才

冯骥才（1942—），祖籍浙江宁波，出生于天津，当代作家、画家、社会活动家。其代表作有《啊！》《雕花烟斗》《高女人和她的矮丈夫》《神鞭》《三寸金莲》《珍珠鸟》《一百个人的十年》《俗世奇人》《单筒望远镜》《艺术家们》等。作品被译为英、法、德、日、意等10余种文字，在海外出版各种译本30余种。20世纪90年代以来，冯骥才投身文化遗产的抢救与保护工作，对当代中国文化界产生了深远影响。

轶闻趣事

冯骥才是政协委员。一次开完会后，一位女记者拿出自己的画作给他看。冯骥才认真看完后给了一些建议。女记者很高兴，转而又好奇地问道："冯老师，您怎么说得这么专业啊！"冯骥才一时错愕，然后笑着说："我自己就是画画的啊！"女记者更吃惊了，说："您不是保护传统文化的吗？"另一位记者连忙解释道："冯老师的民间文化基金会就是靠他画画卖的钱办起来的啊！"

名句

没有思想就没有痛苦，所以我一直是快乐的，意气风发。

贫富不是文明的标准。

《俗世奇人》是怎样一本书？

《俗世奇人》是冯骥才创作的短篇小说集。文字精短，半文半白，有古代话本小说的风格。每篇讲一个人物及其事迹，多以清末民初天津的市井生活为背景，素材都是从长期流传在天津的奇人异事故事中来的。2018年，《俗世奇人》获第七届鲁迅文学奖短篇小说奖。

中国“文化遗产日”的设立和冯骥才有什么关系？

20世纪90年代初，天津老城拆迁，为抢救天津老城文化遗产，冯骥才组织了文化专家进行抢救和保护。在抢救天津城市文化遗产时，冯骥才看到了一本介绍法国前文化部长安德烈·马尔罗的书。马尔罗在出任文化部长期间，提出了“大到教堂，小到羹勺”的口号，在法国做了一次文化普查，将法国的文化遗产整理得清清楚楚。冯骥才受到启发，他觉得，中国56个民族的文化遗产也需要进行一次全面考察。他还模仿马尔罗提出了一个口号“大到村落，小到荷包”。在 2004年和2005年全国“两会”上，他提交了《关于确立“中国文化遗产日”的提案》。2005年7月，郑孝燮等 11名专家学者联名致信党中央、国务院领导同志，倡议中国设立“文化遗产日”。国务院决定从2006年起，每年6月的第二个星期六为我国的“文化遗产日”，自2017年起又调整为“文化和自然遗产日”。

66 - 路遥

路遥

姓名

姓王，名卫国，路遥为笔名

年代

当代

身份

作家

代表作

《平凡的世界》《人生》

路遥（1949—1992），本名王卫国，出生于陕北榆林清涧县，中国当代作家，代表作有长篇小说《平凡的世界》、中篇小说《人生》等，《平凡的世界》获得了第三届茅盾文学奖。1980年发表《惊心动魄的一幕》，获得第一届全国优秀中篇小说奖。1983年发表《人生》，获得第二届全国优秀中篇小说奖。

轶闻趣事

路遥非常爱自己笔下的人物。一次，他打电话让在外地工作的弟弟王天乐速回榆林。弟弟以为他身体出了什么问题，就火急火燎地回去了。见到弟弟后，路遥流着泪痛苦地说："田晓霞死了！"王天乐愣了半天才反应过来，田晓霞是路遥作品《平凡的世界》中的一个人物。

《平凡的世界》是怎样一本书?

路遥于1991年完成百万字的长篇巨著《平凡的世界》，该小说以恢宏的气势和史诗般的品格，全景式地表现了改革时代中国城乡的社会生活和人们思想情感的巨大变迁，还未完成即在中央人民广播电台播出。该书以孙少安、孙少平兄弟为中心，刻画了众多普通人的形象，展示了他们的劳动与爱情、挫折与成就、痛苦与欢乐，将日常生活与社会冲突相结合，深刻揭示了普通人在大时代历史进程中的艰难曲折与幸福美好。路遥因此部作品而获得茅盾文学奖。2019年，《平凡的世界》入选“新中国70年70部长篇小说典藏”。

路遥有哪些名言?

路遥是个勤奋、努力的作家，他告诉我们：

人的生命力，是在痛苦的煎熬中强大起来的。

要知道，春天的道路依然充满泥泞!

照看命运但不强求、接受命运但不卑怯。

生活不能等待别人来安排，要自己去争取和奋斗；而不论其结果是喜是悲，但可以慰藉的是，你总不枉在这世界上活了一场。有了这样的认识，你就会珍重生活，而不会玩世不恭；同时，也会给人自身注入一种强大的内在力量。

67 王小波

王小波

姓名

姓王，名小波

年代

当代

身份

作家、学者

代表性

《黄金时代》《白银时代》
《青铜时代》《黑铁时代》

王小波（1952—1997），生于北京，先后当过知青、民办教师、工人、大学教师、自由撰稿人。中国当代学者、作家，写作风格别具一格，具有强烈的批判精神。代表作品有《黄金时代》《白银时代》《青铜时代》《黑铁时代》《沉默的大多数》《一只特立独行的猪》等。他的唯一一部电影剧本《东宫西宫》获阿根廷国际电影节最佳编剧奖，并且入围1997年戛纳国际电影节。

王小波的爱人李银河评价王小波：在我心目中，小波是一位浪漫骑士，一位行吟诗人，一位自由思想者。

轶闻趣事

王小波出生于1952年，在他出生前两个月，家庭遭到变故，他的父亲被错划为“阶级异己分子”，他的母亲也深受打击。为了纪念这次变故，他得名“小波”——小小的波折，因为事情总有水落石出的那一天，这次变故就像一次小风波，希望能很快过去。

“好看的皮囊千篇一律，有趣的灵魂万里挑一”是王小波说的吗？

这句话是网络流行语，表示人不要过分注重外表，还要注重内在，灵魂的丰富有趣才更值得重视。其实这句话不是王小波说的，而是来源于王尔德的小说《道林格雷的画像》，原文翻译过来就是“漂亮的脸蛋太多，有趣的灵魂太少”。为什么会和王小波联系在一起呢？一是因为王小波逝世后，其作品产生了广泛的影响。其作品妙语连珠，常常挑战人们的惯常逻辑，表现出的独特的语言风格、对现实的批判以及天马行空的想象，受到广大读者特别是年轻人的欢迎。“读王小波”一度成为思想独立、品味独特的象征，所以人们把这句话也归于王小波名下。二是因为王小波本人有点“丑”，不是帅哥，但是他灵魂的有趣是有目共睹的，正契合了这句话的意思，所以也常常用这句话来介绍王小波。

王小波有哪些金句？

那一天我二十一岁，在我一生的黄金时代，我有好多奢望。我想爱，想吃，还想在一瞬间变成天上半明半暗的云。我觉得自己会永远生猛下去，什么也锤不了我。人活在世界上，快乐和痛苦本就分不清。所以我只求它货真价实。——《黄金时代》

如果我会发光，就不必害怕黑暗。如果我自己是那么美好，那么一切恐惧就可以烟消云散。于是我开始存下了一点希望——如果我能做到，那么我就战胜了寂寞的命运。——《黑铁时代》

我对自己的要求很低：活在世界上，我无非是想要明白一些道理，遇见一些有趣的事。倘若能如我愿的这般，那我的一生也算成功。——《沉默的大多数》

68 莫言

莫言（1955—），本名管谟业，生于山东高密河涯乡平安庄（现为高密市东北乡文化发展区大栏平安村），中国当代作家。2012年10月，成为首位中国籍诺贝尔文学奖获得者。莫言的代表作品有《红高粱》《檀香刑》《丰乳肥臀》《生死疲劳》《蛙》《晚熟的人》，等等。

轶闻趣事

莫言小时候生活困苦，他的邻居是个大学生，他告诉莫言："当作家的人，一天能吃三顿饺子。"莫言一听，觉得当作家真好。这也成了莫言当作家最原始的动力。

名句

当众人都哭时，应该允许有的人不哭。当哭成为一种表演时，更应该允许有的人不哭。

你在这个土地上的时候，你感觉不到它跟你有多密切的联系。一旦当你离开了这个地方，你就会产生一种魂牵梦绕的感受。

人生四然：来是偶然，去是必然，尽其当然，顺其自然。

莫言为什么能够获得诺贝尔文学奖？

莫言是一个充满想象力的作家，他受到过拉美魔幻现实主义和西方意识流小说的影响，创作中也表现出了六朝志怪、唐传奇、明清笔记小说，尤其是民间口头文学的影响，这使他作品的风格又与魔幻现实主义有了明显的区别，具有浓厚的中国文化特色。语言上，莫言有很深的中国传统文化功底，他将唐诗、宋词、元曲的韵味与高密东北乡的方言土语糅合起来，融会贯通了民间戏曲、民间口头艺术家滔滔不绝的言说方式，形成了一种流畅飞扬、雅俗兼备的语言风格。瑞典学院为他拟定的获奖理由是，通过幻觉现实主义，将民间故事、历史与当代社会融合在一起。

2022年五四青年节，莫言对年轻人说了些什么？

2022年五四青年节，莫言给年轻人写了一封信，回答了年轻人在他公众号上提出的一个问题：如果人生中遇到艰难时刻，该怎么办？莫言在回答中分享了带给他知识与力量的一本书和一个人。这本书是《新华字典》，这个人是他的爷爷。他用爷爷与狂风对峙的故事，勉励年轻人“遇到艰难时刻，不要灰心，不要沮丧，只要努力总是会有收获。希望总是在失望甚至是绝望时产生，并召唤着我们重振旗鼓，奋勇前进。一个人可以被生活打败，但是不能被它打倒”，同时他鼓励年轻人阅读文学作品：“越是在困难的时刻，越是文学作品能够发挥它直达人的心灵的作用的时候。”也就是说，年轻人要努力奋斗，要多读文学作品。

69 刘震云

刘震云（1958—），出生于河南新乡延津县，中国当代作家、编剧，茅盾文学奖得主。代表作品有《一地鸡毛》《我叫刘跃进》《手机》《我不是潘金莲》《温故一九四二》《一句顶一万句》等。其中，《一句顶一万句》获第八届茅盾文学奖。2018年4月13日，刘震云被法国文化部授予“法兰西共和国文学与艺术骑士勋章”，以表彰其作品在法文世界产生的影响。

轶闻趣事

有一回，王朔、马原和刘震云等人，一起参加一个笔会。刘震云想验证“捧杀”（指过度地赞扬、吹捧，使被吹捧者骄傲自满，停滞退步甚至堕落、失败）是如何毁人的。他慢悠悠坐到王朔旁边，开捧：“王老师，小说写得非常不错。”王朔谦虚，说没什么好的，瞎写……第二天，刘震云照夸：“王老师，你的小说写得真好。”王朔还是谦虚，说写得真的不好。第三天，刘震云继续夸。王朔这回接了茬，说：“我是觉得我小说写得不错。”刘震云当场就转过脸，对旁边的人说：“一般人最多就扛三天。”

名句

一个人的孤独不是孤独，一个人找另一个人，一句话找另一句话，才是真正的孤独。

世界上有一条大河特别波涛汹涌，淹死了许多人。这条河叫“聪明”。

生活本没有输赢，但如果你一旦有了胜负心，那你一定是输家。

刘震云的哪些小说被改编成了影视作品?

刘震云是跟影视圈走得比较近的作家之一，目前为止，他有六部小说被改编成了影视作品，虽然数量不多，但都很受欢迎。这六部小说是：《手机》《一地鸡毛》《我叫刘跃进》《一九四二》《我不是潘金莲》《一句顶一万句》等。

刘震云为什么被称为“新写实主义作家”?

刘震云于1982年开始在文学刊物上发表作品，1987年在《人民文学》上发表《塔铺》，引起文坛注意，次年在《青年文学》上发表了他的《新兵连》，这两篇作品成为他早期的代表作。这一时期他主要以农村生活为创作背景，描写命运与良知的冲突。

之后，刘震云进入创作的另一个阶段，写出《单位》《官场》《官人》《一地鸡毛》等描写城市社会的“单位系列”和干部生活的“官场系列”作品。在这些作品中，他迅速表现出成为大作家的潜力，确立了创作中的平民立场，将目光集中于历史、权力和民生问题，但又多采用简洁直接的白描手法，也因此被称为“新写实主义”作家。

70 王朔

王朔（1958—），出生于江苏南京，中国当代作家、编剧。王朔于1978年开始创作，之后又进入影视行业做编剧，曾获得第24届开罗国际电影节最佳编剧奖。其文学代表作品有《空中小姐》《玩的就是心跳》《动物凶猛》《过把瘾就死》等，影视编剧作品有《编辑部的故事》《看上去很美》《顽主》等。

轶闻趣事

王朔在家里创作小说《我的千岁寒》时，家门口有个修脚踏车的，天天叮叮当当的响个不停，弄得他心烦意乱。几次交涉也没有结果后，王朔拿出三万块钱给修车大爷，让他去别的地方修车。大爷走了以后，嘈杂的声音也消失了，王朔文思泉涌，终于写完了《我的千岁寒》。

名句

你必须只有内心丰富，才能摆脱这些生活表面的相似。

我曾经以为日子是过不完的，未来是完全不一样的。现在，我就呆在我自己的未来，我没有发现自己有什么真正的变化，我的梦想还像小时候一样遥远，唯一不同的是我已经不打算实现它了。

电影《阳光灿烂的日子》是根据王朔哪部小说改编的?

《动物凶猛》。该小说描写了北京某部队大院中一群少年人的成长经历。《阳光灿烂的日子》获第33届台湾电影金马奖最佳影片、最佳导演、最佳男主角、最佳摄影、最佳改编剧本奖。美国《时代》周刊年度十大佳片评选其为“国际十大佳片第一名”。

1988年为什么又被称为“王朔年”?

这一年，王朔的四部作品被不约而同地改编成电影，于是这一年就被称为王朔年。这四部电影是:《顽主》,《轮回》(小说名为《浮出海面》),《大喘气》(小说名是《橡皮人》),《一半是火焰一半是海水》。

文学社团、文学现象与文学流派篇

01 - 建安七子

建安七子，是汉建安年间（196—220）七位文学家的合称，包括孔融、陈琳、王粲、徐幹、阮瑀、应玚、刘桢。这七人大体上代表了建安时期除曹氏父子（即曹操、曹丕、曹植）外的文学成就，所以“七子”之说，得到后世的普遍认可。因建安七子曾同居魏都邺城（今河北临漳县西）中，又号“邺中七子”。

他们对于诗、赋、散文的发展，都曾作出过贡献。建安七子与“三曹”往往被视作汉末三国时期文学成就的代表。

建安七子里面谁最厉害?

建安七子里面王粲最厉害，诗、赋、散文全面开花，南朝梁刘勰说他是七子里面的“冠冕”。七子生活的年代战乱比较多，王粲最著名的作品《七哀诗》和《登楼赋》都表达了乱世中的哀伤情绪。其余的人就比较“偏科”：孔融奏议写得好；刘桢擅长诗歌；陈琳、阮瑀擅长应用文，诗歌写得也还行；徐幹和应玚的强项是诗、赋。但他们作品的总体风格类似，慷慨悲凉，都比较关心现实，忧国忧民，体现了“建安文学”的特点。

建安七子的代表作都是什么?

孔融的代表作是《荐祢衡表》；陈琳的代表作是《饮马长城窟行》；王粲的代表作是《七哀诗》《登楼赋》；徐幹的代表作是《中论》《室思》；阮瑀的代表作是《为曹公作书与孙权》与《驾出北郭门行》；应玚的代表作是《侍五官中郎将建章台集诗》；刘桢的代表作是《赠从弟》三首。

02 竹林七贤

竹林七贤，指主要活动于三国魏正始年间（240—249）的嵇康、阮籍、山涛、向秀、刘伶、王戎及阮咸七人。这七个人政治倾向、品性爱好虽有不同，但他们的生活态度基本一致，常在当时的山阳县（今河南焦作修武县，可能为现今云台山一带）竹林之下，喝酒、唱歌，不受世俗眼光约束，谈文论道，因而得名“竹林七贤”。竹林七贤的作品基本上继承了建安文学反映现实的精神，但由于当时的社会比较黑暗，作家不能自由地表达自己的看法，只好采用比兴、象征、神话等手法，隐晦曲折地表达。

唐·孙位《竹林七贤图》残卷

竹林七贤之间关系都很铁吗?

七个人虽然在一起玩得很好，也被后世的人用来当作深厚友情的典范、清高文人的代表，但是他们内部也有很多矛盾和分歧，互相鄙视、友谊“翻船”的事情也常常发生。七贤中山涛年纪最大，是七人中的“带头大哥”。阮籍和嵇康本来都是他的朋友，但后来因为政治见解互不相容，关系破裂，嵇康给山涛写了封绝交信，也就是著名的《与山巨源绝交书》。王戎在七个人中年纪最小，存在感最弱，他来参加活动时，阮籍就很瞧不起他，说他庸俗，坏了大家的兴致。阮籍（建安七子中阮瑀的儿子）是阮咸的叔叔，叔侄二人时人并称为“大小阮”，都喜欢弹琴，关系应该还不错。此外，阮咸是当时著名的音乐家，古代有一种琵琶就以他的名字命名。向秀和嵇康关系也不错，嵇康死了之后还写了《思旧赋》怀念他。

竹林七贤里谁最爱喝酒?

竹林七贤都喜欢喝酒，聚到一起就喝酒聊天。但是要说最爱喝酒的当属人称“醉侯”的刘伶。他自己说“天生刘伶，以酒为名”，每天都驾着载有美酒的车，毫无目的地四处游荡，走到哪儿喝到哪儿，还让人拿着锸（铁锹），说自己死了好用铁锹埋掉，这就是“鹿车荷锸”的典故。但是当时的人都觉得刘伶这样做是不计较生死，是一种豁达，特别潇洒，非但不反对，还争先恐后地仿效。刘伶因饮酒而出名，还留下千古名篇《酒德颂》，幕天席地、怒目切齿、熟视无睹（熟视不睹）、大人先生、奋袂攘襟、挈榼提壶这六个成语都出自这篇文章。

03 初唐四杰

初唐四杰，唐初文坛文风过渡时期的四位杰出代表人物王勃、杨炯、卢照邻、骆宾王的合称，简称为“王杨卢骆”。四杰齐名，原来并非指其诗歌，而主要指骈文和赋，后来才主要用以评论其诗。其中卢、骆长于歌行，王、杨长于五律。他们都是官小而名大，年少而才高的诗人，在初唐诗坛有着重要地位。他们的诗歌扭转了唐代以前萎靡浮华的宫廷诗歌风气，扩大了诗歌的题材，赋予了诗歌新的生命力。“四杰”才华横溢，意气风发，昭示着盛唐诗歌黄金时代的来临。

你知道王勃有多神?

元·夏永《滕王阁图》画中文字即为王勃的《滕王阁序》

王勃（约650—676）的爷爷是隋朝的大儒王通，王勃又聪明又勤奋，6岁就会写文章，9岁时就能纠正专家颜师古的错误了，16岁的时候开始做官，但因为写文章得罪了皇帝，被免职了。于是他索性去旅游，写了很多诗文。再次当官后，他因为杀人，又被贬了。676年，王勃自交趾（今越南）看望父亲返回时，渡海溺水而死，年仅27岁。王勃短暂的一生，也是传奇的一生，像流星划过天际。

初唐四杰的代表作都是什么？

王勃的诗《送杜少府之任蜀州》，骈文《滕王阁序》；杨炯的诗《从军行七首》；卢照邻的诗《长安古意》；骆宾王的诗《咏鹅》《于易水送人》《在狱咏蝉》《帝京篇》，等等。

04 边塞诗派

边塞诗派，盛唐诗歌流派之一，主要代表人物为王翰（687—726）、王之涣（688—742）、李颀（约690—约751）、王昌龄（698—756）、高适（700—765）、崔颢（704—754）、岑参（715—770）等。其诗主要是描写边塞战争和风土人情，表现战争带来的各种感伤思念、壮志豪情，形式上多为七言歌行和五、七言绝句，诗风悲壮，格调雄浑，气势奔放，慷慨激昂，给人一种奋发向上的力量，最足以表现盛唐气象。其中，高适和岑参的诗作成就最大，因此这一派又被称为“高岑诗派”。王之涣、王昌龄、高适、岑参又被称为唐代“四大边塞诗人”。

谁是“七绝圣手”?

王昌龄被人称为“七绝圣手”。王昌龄与李白、高适、王维、王之涣、岑参这些著名诗人都是好朋友。他七绝写得最好，尤其是边塞诗最著名，有“诗家夫子”“七绝圣手”的美誉。王昌龄的七绝《出塞》《从军行七首》《芙蓉楼送辛渐》《闺怨》等都是千古名篇。

边塞诗派有哪些代表作?

边塞诗派的代表作有高适的《燕歌行》《蓟门行五首》《塞上》《塞下曲》《蓟中作》；王昌龄的《出塞》《从军行七首》；岑参的《轮台歌奉送封大夫出师西征》《白雪歌送武判官归京》；王翰的《凉州词》；李颀的《古从军行》；王之涣的《凉州词二首》；崔颢的《雁门胡人歌》《辽西作》，等等。

05 盛唐山水田园诗派

盛唐山水田园诗派，继承发展了陶渊明的田园诗和谢灵运、谢朓等人的山水诗，以描绘田园生活与自然风光为主要内容，创造出田园牧歌式的生活场景，借以表达对现实的不满。盛唐山水田园派诗人长于五言诗，诗歌风格清新、韵致高远、感情丰富，代表人物有王维（701—761）、孟浩然（689—740）、储光羲（约706—763）、常建（生卒年不详）、祖咏（生卒年不详）、裴迪（生卒年不详）、韦应物（737—792）、柳宗元（773—819）等。这一派成就最高的诗人是王维和孟浩然，故又称“王孟诗派”。

王维亲自为之画像，李白公开表示钦慕、杜甫夸赞其诗句“尽堪传”的这个人是谁？

是孟浩然。孟浩然又称“孟山人”，虽然一辈子没做官，但是他在诗人中的名气很大，也是众多后世诗人的偶像。王维亲自为他画像，还给他写了好几首诗（《送孟六归襄阳》《送别》《哭孟浩然》）表达依依惜别之情、深刻缅怀之意。李白为他写了《送孟浩然之广陵》《赠孟浩然》，更是公开宣称“吾爱孟夫子，风流天下闻”。目前学界还未找到杜甫和他见面的证据，但是杜甫也很崇拜他，诗中说“复忆襄阳孟浩然，清诗句句尽堪传”，夸奖他的诗清新自然。几乎每个中国人都要背的《春晓》就是孟浩然写的。

除了王维、孟浩然、柳宗元，其他山水田园派诗人有什么代表作？

常建的代表作是《题破山寺后禅院》，祖咏的代表作是《终南望余雪》，裴迪的代表作是《辋川集二十首》组诗，韦应物的代表作是《滁州西涧》《寄全椒山中道士》。

清·王翚《画孟浩然诗意轴》

06 大历十才子

大历十才子，指活跃于唐代宗大历年间（766—779）的一个诗歌群体。他们都擅长五言近体诗，共同特点是偏重诗歌的形式技巧，诗歌基本主题是歌颂升平、吟咏山水、崇尚隐逸，题材风格较为单一。十才子为李端、卢纶、吉中孚、韩翃、钱起、司空曙、苗发、崔洞（一作峒）、耿湋、夏侯审。他们没有共同的组织，也没有共同的宣言，但是他们有共同的思想基础和审美趣味，创作原则也比较一致，又相互唱和，交往密切，所以将他们看作是一个流派。

关于大历十才子，我们知道哪些信息？

十大才子虽然听上去响当当的，但实际上我们对他们了解得很少。首先，这10个人生卒年我们都不知道，其中苗发、崔洞、耿湋、夏侯审、吉中孚5个人生平事迹我们也知道的太少，甚至连字号都不知道。

大历十才子的代表作有哪些？

卢纶的《塞下曲》，韩翃的《寒食》，钱起的《省试湘灵鼓瑟》，司空曙的《江村即事》，李端的《听筝》《拜月诗》，等等。

07 - 韩孟诗派

韩孟诗派是在中唐贞元（785—805）、元和（806—820）、长庆（821—824）年间出现的一个诗歌流派，“韩孟”即是韩愈与孟郊。除韩孟外，这一诗派的主要代表人物有卢仝、李贺、贾岛，此外还有刘言史、张碧、刘叉、马异、欧阳詹、皇甫湜等人。这批诗人都很勤奋刻苦，主张“不平则鸣”，苦吟以抒愤，贾岛说“二句三年得，一吟双泪流”（《题诗后》）。反复斟酌字句，旨在出奇制胜、别开生面，甚至有时候不惜走向奇怪、变态，以求在盛唐诗歌的笼罩下显出自己的特色。

韩愈和孟郊有着怎样的友情？

唐代诗人成群，成为好朋友并称后世的也很多，李杜、王孟、元白、小李杜、“晚唐体”代表姚贾（姚合和贾岛），还有这个“韩孟”，就是韩愈和孟郊。孟郊（751—814），我们比较熟悉的是他的《游子吟》：谁言寸草心，报得三春晖。孟郊比韩愈大17岁，可是他俩一起参加了进士考试（孟郊是第一次，韩愈是第四次），韩愈见孟郊和自己一样，性格都不太合群，但写诗不错，风格也类似，大喜找到了知音，点燃了韩孟友谊的火苗。结果韩愈考中了，孟郊落榜了。于是韩愈写诗安慰孟郊，还作诗举荐他。此后两人频频聚会，写诗唱和，友谊的火苗燃烧得越来越旺。韩愈还写了《醉留东野》：我愿身为云，东野变为龙。四方上下逐东野，虽有离别无由逢。把自己和孟郊的关系比成李白杜甫的关系，愿意变成云追随孟郊这条“龙”，这是何等的不舍啊。韩愈又写了著名的《送孟东野序》，名句“大凡物不得其平则鸣”千古流传。韩愈和孟郊终生保持着深厚的友谊，得意时互相分享喜悦，失意时互相安慰、劝勉，不离不弃，也成就了韩孟诗派。

“推敲”是什么意思？有什么典故？

“推敲”的意思是反复考虑。这一典故和贾岛有关。年轻的贾岛在长安（今西安）参加考试时，骑着驴在大街上一边走一边想他的诗句。突然，他想到了两句好诗：“鸟宿池边树，僧推月下门。”又一想，觉得“推”字改为“敲”字更好一些。他想得入神时，只听对面有人喊了一声：“干什么的?”贾岛还没弄清楚是什么状况，就被拉下驴来，带到韩愈面前。原来，他碰见了文坛盟主韩愈和他的随从。贾岛告诉韩愈自己在琢磨诗中的一个字，这引起了韩愈的兴趣。韩愈想了一会说：“还是敲字好。静静的夜晚，在月光下，一个僧人叮叮地敲门，富有乐感，这个情景是很美的。”于是“推”字就改成了“敲”字，我们现在看到的这首《题李凝幽居》就是这个版本。全诗如下——

闲居少邻并，草径入荒园。
鸟宿池边树，僧敲月下门。
过桥分野色，移石动云根。
暂去还来此，幽期不负言。

明 · 徐渭《驴背吟诗图》

“诗鬼”是谁？

“诗鬼”是李贺。李贺（790—816），字长吉，河南府福昌县昌谷乡（今河南宜阳县）人，与诗仙李白、李商隐合称为“唐代三李”，后世称李昌谷。李贺早慧才高，7岁能诗，15岁已名满京华。李贺也是毛泽东最欣赏的诗人之一，他的名句“天若有情天亦老，人间正道是沧桑”，上句正出自李贺的《金铜仙人辞汉歌》。李贺出身唐朝宗室，但仕途并不顺利。李贺准备考进士时，妒忌其才华的人放出流言，说李贺的父亲名“晋肃”，“晋”与“进”犯“嫌名”，李贺应该避讳，因此李贺未能参加进士考试。后来因为宗室身份，经人推荐，靠父荫做了官，但一直升迁困难，延宕勾留于官场六年有余，无奈退隐，不久病死于昌谷故居。

李贺在诗中慨叹生不逢时，抒发内心苦闷和理想抱负，反映社会现实。因其诗作想象极为丰富，引用神话传说，托古寓今，常做惊人之语，被后人誉为“诗鬼”。他的千古佳句包括“黑云压城城欲摧”“雄鸡一声天下白”“天若有情天亦老”等。

李贺诗歌的意象诡谲，在韩孟诗派的险怪诗风中独树一帜。与韩孟相比，李贺诗风瑰丽奇异，更注重再现生活场景，使该派的艺术手法和生命表现力再一次升华，再现了中唐诗歌在大盛之后的突变与创新。

08 豪放派

豪放派是形成于宋代的词学流派。词本来是配乐演唱的，用于宴会娱乐，地位一直没有诗高。南唐李煜（李后主）用词来感叹家国兴衰，使词的地位得到了提高。到了宋代，文人大量创作词作，拓宽了词的题材，拓展了词的表现领域，从而进一步提高了词的地位。作品增加，风格也就开始分化，有了“豪放”与“婉约”的分别。

第一个用“豪放”评词的是苏轼。豪放词的特点是创作视野较为广阔，气象恢宏雄放，喜欢用诗文的手法、句法写词，语词宏博，用典较多，不拘守音律；缺点是有时过于直白，缺少含蓄之美。豪放派的代表人物是苏轼和辛弃疾。此派的代表词人还有陈与义、叶梦得、朱敦儒、张孝祥、陈亮、刘过等。代表作有苏轼的《江城子·密州出猎》《念奴娇·赤壁怀古》，辛弃疾的《破阵子·为陈同甫赋壮词以寄之》《永遇乐·京口北固亭怀古》，陈亮的《念奴娇·登多景楼》，岳飞的《满江红》等。

哪首词开豪放派之先声?

一般认为，范仲淹的《渔家傲》开豪放派之先声。词作如下——

塞下秋来风景异，衡阳雁去无留意。
四面边声连角起，千嶂里，长烟落日孤城闭。
浊酒一杯家万里，燕然未勒归无计。
羌管悠悠霜满地，人不寐，将军白发征夫泪。

古人怎么看“婉约派”和“豪放派”的区别?

南宋俞文豹《吹剑续录》记载：有一天苏轼在办公室和下属聊天，这个下属唱歌唱得好，于是苏轼问他：我的词好，还是柳永的词好？这个问题好难回答！可是下属很聪明，他没有正面回答，他很巧妙地说：柳永的词，适合十七八岁的女孩儿，用红牙板打节拍，唱“杨柳岸晓风残月”；学士您的词，适合关西大汉用铁绰板，唱“大江东去”。苏轼听罢，笑得前仰后合。

铁绰板和红牙板都是古人演奏音乐时用来打节拍的乐器，前者一般为男歌手所用，音调响亮有力，后者一般为女歌手所用，音调细腻清脆。这个故事形象地表现出两种词风的不同，一个婉转含蓄，一个孔武有力；一个具有阴柔之美，一个充满阳刚之气；一个表达细腻的情感，一个表达豪放的胸怀。

09 婉约词派

婉约词派是宋词的流派。婉约，即婉转含蓄。其主要特点是内容上侧重恋情，语言含蓄柔美，注重音律的和谐。其缺点是内容狭窄。婉约派的代表人物有李煜、柳永、张先、晏殊、晏几道、欧阳修、秦观、贺铸、周邦彦、李清照等。一般认为词以婉约派为正宗。代表作有晏殊的《浣溪沙·一曲新词酒一杯》，欧阳修的《踏莎行·候馆梅残》，秦观的《鹊桥仙·纤云弄巧》，柳永的《雨霖铃·寒蝉凄切》《八声甘州·对潇潇暮雨洒江天》，李清照的《声声慢·寻寻觅觅》，周邦彦的《兰陵王·柳》《少年游·并刀如水》，等等。

哪位词人自称写词是奉皇帝之命（奉旨填词）？

柳永。柳永（约984—约1053），原名三变，字景庄，后改名柳永，字耆卿，因排行第七，又称柳七，崇安（今福建武夷山）人。柳永自称“奉旨填词柳三变”。据说，柳永做了新词，其中有“忍把浮名，换了浅斟低唱”(《鹤冲天·黄金榜上》)。宋仁宗也喜欢词，但因柳永好作艳词，令宋仁宗不太满意。到了进士放榜的时候，宋仁宗就引用柳永词说，“既然想要‘浅斟低唱’，何必在意虚名”，于是把柳永的名字划掉了。后来又有人向宋仁宗推荐柳永，宋仁宗回复“写词去吧”（且去填词），自此后柳永不得志，更加放浪形骸，并自称“奉旨填词柳三变”。柳永是第一位对宋词进行全面革新的大词人，他的词影响很大，流传甚广，据说凡是有井水的地方，就能听到他的词。意思就是有人的地方就有他的词。

谁是婉约派的集大成者，被王国维称为“词中老杜”？

周邦彦。周邦彦（1056—1121，或1058—1123），字美成，号清真居士，杭州钱塘（今浙江杭州）人，北宋文学家、音乐家、官员，其作品在婉约词人中长期被尊为“正宗”。注意，周邦彦是“音乐家”，词的产生是和音乐相关的，在唐宋是要配乐歌唱的，所以我们的大文豪苏轼“学际天人”，但他的词却被李清照称为“句读不葺之诗”，而且还常常“不协音律”，荒腔走板。音乐家周邦彦的词就不一样了，他通晓音律，自己创作了不少曲子，又注重章法，重视语言的提炼，他的词“富艳精工”，既精巧工整，又浑然天成，在词史上地位极高，更有很多论者将其称为“词家之冠”“巨擘”“冠绝”“一人而已”。

但是为什么这么厉害的人好像在大众心目中知名度不太高，有几个原因：一是很长时间人们认为周邦彦这个人人品不太好，攀附权贵；二是周邦彦博学多才，他的词往往化用典故，不好懂；三是他的词作题材狭窄，大多吟风弄月、感时伤别，所以后来的常州词派将周邦彦的词与比兴寄托联系在一起，将其词中的个人情感升华提纯，解读为对现实社会真实感受的曲折表达。周邦彦的代表作除了上述提及的两首，还有《西河·金陵》《满庭芳·夏日溧水无想山作》《苏幕遮·燎沉香》《过秦楼·水浴清蟾》等等。

10 - 江西诗派

江西诗派是我国文学史上第一个有正式名称的诗文派别。宋徽宗初年，吕本中作《江西诗社宗派图》，因黄庭坚为江西人，便把效仿黄庭坚诗法的诗人称为“江西诗派”。宋末，方回又提出了“一祖三宗”之说，将杜甫作为江西诗派之“祖”，黄庭坚、陈与义、陈师道称为江西诗派之“宗”。江西诗派的成员有陈师道、潘大临、吕本中、陈与义、曾几等，但并非所有成员都是江西人，该流派崇尚黄庭坚的夺胎换骨、点铁成金之论，多吟咏书斋生活，重视文字推敲，力求“自成一家”。

江西诗派为什么被人诟病？

宋诗在唐诗之后发展，空间很有限，鲁迅先生就曾说“好诗已被唐人做尽”。宋人就只能独辟蹊径，引学问入诗，这也是江西诗派的一个特色。但是因为江西诗派以学问入诗，喜欢发议论，就把诗和文的界限模糊了，也就是“以文为诗”，以议论为诗，拿写散文的方法写诗，常用冷僻的典故、字词，卖弄学问，导致诗歌晦涩艰深，不是那么朗朗上口，这也是江西诗派常被人诟病的地方。

黄庭坚有什么代表作？

黄庭坚（1045—1105），字鲁直，号清风阁、山谷道人、山谷老人、涪翁等，谥号文节，世称黄山谷、黄太史、黄文节、豫章先生，宋江南西路洪州府分宁（今江西九江修水县）人。他是北宋大孝子，是《二十四孝》中“涤亲溺器”故事的主角。北宋文学家、书法家，在诗、词、散文、书、画等方面都有很高的成就。作为江西诗派的开派之宗，其诗法度严谨，说理细密，体现了宋诗的特色，他的诗歌代表作有《登快阁》《寄黄几复》，《寄黄几复》之“桃李春风一杯酒，江湖夜雨十年灯”更是千古名句。

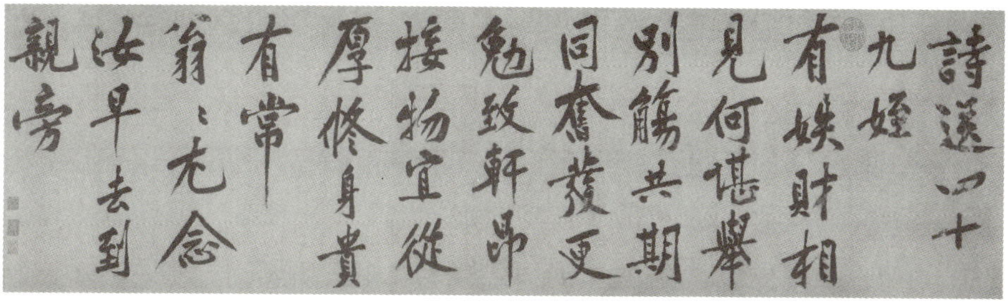

黄庭坚的书法作品

北宋·李公麟《西园雅集图》局部　图中为苏轼、黄庭坚、李公麟等文人聚会

11 - 中兴四大诗人

中兴四大诗人，又称“南宋四大家”，是南宋前期尤袤、杨万里、范成大、陆游四位诗人的合称。他们摆脱了江西诗派的束缚，写出具有思想性、艺术性的作品，影响很大，代表了宋代诗歌第二个繁荣期。其中，杨万里和陆游的名声最大，杨万里创造了活泼的“诚斋体”，尤袤的诗流传下来的较少，他编写了中国最早的一部版本目录《遂初堂书目》。

陆游为什么觉得自己不如杨万里?

陆游在一首诗里说“我不如诚斋，此评天下同”，陆游只是谦虚吗？也不一定。

杨万里（1127—1206），字廷秀，号诚斋，宋光宗曾为他亲自书写“诚斋”二字，因此学者称他为“诚斋先生”。他学问渊博，一生勤奋，据说他写了20000多首诗（虽然传世的只有4200多首），他的诗在当时影响很大，被称为“诗坛主”。杨万里不仅是诗人，也是理学家，前期诗作追随江西诗派，但是他发现该派诗歌艰深晦涩，形式化严重，决定另辟蹊径，终于自成一家，号为“诚斋体”。“诚斋体”风格纯朴清新，语言通俗易懂，构思新巧，充满理趣，我们熟悉的“小荷才露尖尖角，早有蜻蜓立上头”就是如此。杨万里的诗作代表性的有《晓出净慈寺送林子方》《小池》《初夏睡起》《宿新市徐公店》，等等。看看这些，我们再看看陆游的评价，就不会觉得他只是谦虚了吧。

中兴四大诗人里谁曾经出使过金国?

范成大曾经出使过金国。虽然没有完成使命，也可能因为这是不可能完成的任务（宋孝宗派范成大出使，名义上是要求金国归还皇陵，实际上是想向金主当面提出修改“降榻受书”的想法）。这个任务很危险，有可能激怒了金主而被扣留，所以很多人不愿意去。范成大挺身而出，接受了这个使命。路过旧京汴梁时，他写下了这样一首诗：

州桥

南望朱雀门，北望宣德楼，皆旧御路也。

州桥南北是天街，父老年年等驾回。

忍泪失声询使者，几时真有六军来？

这是和我们在课本上认识的写《田园四时杂兴》不一样的范成大。以前繁华的大宋都城汴梁，现在已经是异国的土地，而曾经的大宋子民，还在等待王军的到来。最后，范成大成功地向金主提出了要求——不出意外，被拒绝了，所幸他安全回到了南宋。

12 - 前七子

前七子，是明朝弘治、正德年间（1488—1521）的文学流派。成员包括李梦阳、何景明、徐祯卿、边贡、康海、王九思和王廷相七个进士，代表人物是李梦阳和何景明。他们不满于腐败的朝政和庸弱的士气，强烈反对当时流行的台阁体诗文和千篇一律的八股习气。他们的文学主张被后人概括为“文必秦汉、诗必盛唐”。他们都怀着强烈的改造文风的历史使命，旨在拯救萎靡不振的诗风，却走上了一条以复古为革新的老路。为了和后来嘉靖、隆庆年间出现的李攀龙、王世贞等“后七子”区别，将他们称为“前七子”。前七子在文坛崛起之后，其复古主张迅速风行天下，成为文学思想的主流，掀起了一场文学复古运动，在明代文学史上有一定的进步意义。

前七子的代表作有：李梦阳的《秋望》《石将军战场歌》《汴京元夕》；何景明的《玄明宫行》；王九思的《马嵬废庙行》；王廷相的《西山行》，等等。

《东郭先生和狼》里的“狼”是讽刺李梦阳的吗？

据说是这样的。李梦阳（1473—1530），字献吉，号空同，祖籍河南。当时宰相李东阳的台阁体风行天下，李梦阳对此很不满意，他也看不起宋诗的理趣，于是直接越过宋诗，向盛唐寻求灵感，并主张诗歌要表达真性情。他因得罪了当时权倾朝野的宦官刘瑾入狱，幸亏康海以老乡身份和刘瑾套近乎，为李梦阳说情，才保住了他的命。但是后来宦官垮台后，康海受到牵连，李梦阳不但不念救命之恩为康海辩白，反而诬陷康海，后来康海被撤职。

《东郭先生与狼》改编自马中锡的《中山狼传》，相传《中山狼传》就是为了讽刺李梦阳而作的。

13 后七子

后七子，明朝嘉靖、隆庆年间（1522—1572）的文学流派。成员包括李攀龙、王世贞、谢榛、宗臣、梁有誉、徐中行、吴国伦、余日德、张佳胤。因受之前以李梦阳、何景明等人为代表的前七子的影响，继续提倡复古，相互呼应，彼此标榜，声势更为浩大，世称“后七子”，又称“嘉靖七子”。

后七子的文学主张基本上与前七子相同，强调文必秦汉，诗必盛唐。李攀龙、王世贞是后七子的代表作家。他们认为古文已有成法，今人作文只要模拟古人就可以了，并且武断地认为散文自西汉以后、诗歌从盛唐以后，都不值一读，把复古运动引向了极端。后七子在文坛上活跃的时间较长，他们的文学主张彼此间有不少差异，而且有所发展和变化。

后七子的代表作品主要有李攀龙的《初春元美席上赠谢茂秦得关字》《席上鼓饮歌送元美》，王世贞的《登太白楼》，谢榛的《渡黄河》，宗臣的散文《报刘一丈书》，等等。

王世贞带火了《本草纲目》吗？

王世贞（1526—1590），字元美，号凤洲，又号弇（yǎn）州山人，南直隶苏州府太仓州（今江苏太仓）人，明代文学家、史学家，博学多才，是继李攀龙之后的后七子领袖，也是当时的文坛盟主。

李时珍写完《本草纲目》两年了，没找到出版商，后来有人给李时珍出主意，让他去请名人写序，当时带货能力最强的就是文坛盟主王世贞。万历八年（1580）秋天，62岁的李时珍背着重重的书稿，一路劳顿，到了王世贞的家。李时珍把《本草纲目》给王世贞看，还诉说了写书的经历和写完没法出版的苦恼，真诚恳请王世贞写一篇序文。王世贞被李时珍的精神感动了，留下了李时珍的手稿，答应为他作序，还赠给李时珍一首诗。有了王世贞的序文，才有书商肯刊印《本草纲目》。可惜出书周期太长，李时珍没等到书出版就去世了。但是毕竟《本草纲目》能顺利出版，并于后世风行不衰，李时珍也可以瞑目了。这件事王世贞功不可没。

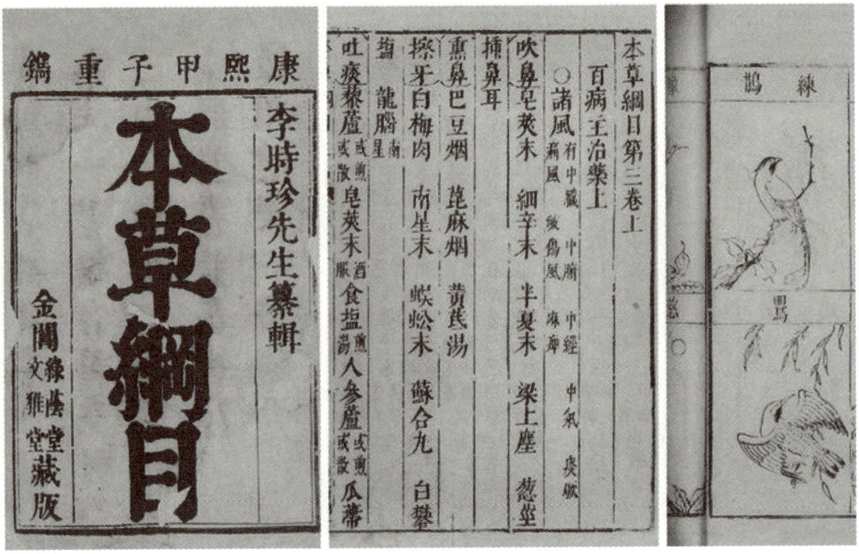
康熙甲子重鐫
本草綱目
李時珍先生纂輯
金閶綠蔭堂 文雅堂藏版

本草綱目第三卷上
百病主治藥上
○諸風
吹鼻 皂莢末 細辛末 半夏末 梁上塵 葱莖
搐鼻耳
熏鼻 巴豆烟 蓖麻烟 黃芪湯
擦牙 白梅肉 南星末 蜈蚣末 蘇合丸 白礬
龍腦
吐痰 藜蘆 皂莢末 食塩 人参蘆 瓜蒂

康熙年间刊印的《本草纲目》

14 公安派

明代后期出现的文学流派，以袁宏道（1568—1610）及其兄袁宗道、弟袁中道三人为代表，因为他们三人是湖北公安人而得名。公安派的成员还包括曾可前、江盈科、陶望龄、黄辉等。他们的文学主张与前后七子的拟古主义针锋相对，提出"世道既变，文亦因之"（文学要随着时代而发展变化）的文学发展观，重视小说戏曲的文学价值，推崇"性灵说"，要求作品要直抒胸臆，表达真实的感情，不要过分雕琢，"独抒性灵，不拘格套"。公安派在晚明的诗歌、散文领域都有一定影响，但其创作成就主要在散文方面。他们的散文创作清新活泼，自然率真，但多局限于抒写闲情逸致。

公安派的代表作品有：袁宏道的《虎丘记》《初至西湖记》；袁宗道的《戒坛山一》《上方山》《小西天一》；袁中道的《珂雪斋集》等。

公安派为何受到近现代众多作家的推崇？

公安派虽然是明代后期的文学流派，但是公安派主张个性解放、呼吁挣脱传统的束缚，具有现代性，有文学革新的气象，呼应了现代文学追求思想解放的精神，因此受到很多现代作家的推崇，用来为自己的主张提供证据。比如周作人说"明代（公安派）文学具有革新气象，它可以无视古文正统思想，用真挚的抒情态度进行文学创作……是真实的个性的表现"；林语堂形容读到袁宏道文字后的心情，欣喜若狂，"喜从中来乱狂呼"，将遇到袁宏道比喻成"山中遇高士"，并且要像孩子一样拉扯着袁宏道，"把其袂兮携其裾"。20世纪30年代，《袁中郎全集》至少就有六个不同版本，可见其作品受欢迎的程度。

“独抒性灵，不拘格套”是对谁的作品的评价？

这句话是对袁中道的诗文的评价，出自袁宏道的《叙小修诗》，小修，是袁中道的字。全文从对袁中道其文、其人的评价落笔，陈述了求变、求真、求趣，不受古法所拘、直抒胸臆、尊重文学艺术的独创精神和独到见解，举起了公安派文学理论的大旗。

15 - 唐宋派

明代嘉靖年间的一个散文流派，代表人物有唐顺之（1507—1560）、归有光（1507—1571）、王慎中（1509—1559）、茅坤（1512—1601）。他们的基本观点是反对以文采取代“道统”，主张“文道合一”的传统。可见他们把道看成是文的源泉，道盛则文盛，这个“道”，简言之就是儒家的思想。这种观点束缚了创作，同时也削弱着他们文学主张的影响力，站在道学立场是不能动摇复古派根基的。唐宋派虽指出了复古派的毛病，却始终未能从根本上改变文坛局面。只有其散文创作对后世较有影响，如清代“桐城派”即继承了它的传统。唐宋派中，散文成就最高的当推归有光。

唐宋派的代表作品有：唐顺之的《任光禄竹溪记》；归有光的《项脊轩志》《先妣事略》《寒花葬志》《思子亭记》；王慎中的《海上平寇记》《送程龙峰郡博致仕序》，等等。

“唐宋八大家”和茅坤有什么关系？

“唐宋八大家”皆为唐宋之人，和茅坤没有也不可能有来往。但是，“唐宋八大家”之名定型于茅坤。茅坤是唐宋派代表之一。明代初年，朱右编成《八先生文集》，其中的“八先生”就是现在的唐宋八大家，这是八家并称的开始。明中期，唐宋派另一个代表人物、也是茅坤非常推崇的唐顺之编撰了《文编》，只选取这八位唐宋散文家的文章，对唐宋八大家的定型和流传起了一定作用。茅坤根据朱、唐的编法选了八家的文章，辑为《唐宋八大家文钞》，选辑唐代韩愈、柳宗元，宋代欧阳修、苏洵、苏轼、苏辙、曾巩、王安石八家文章共164卷。“唐宋八大家”之称遂固定下来。《唐宋八大家文钞》在当时和后世的影响都很大。

唐宋派里谁被称为“今之欧阳修”？

必然是唐宋派里散文成就最高的归有光啊。后人更是将其散文称为“明文第一”，与唐顺之、王慎中并称为“嘉靖三大家”。

归有光（1507—1571），字熙甫，江苏苏州昆山人。因久居震泽湖畔，故自号“震川”，学者称他为“震川先生”。又因为他老家在昆山项脊泾，故也自称“项脊生”。归有光自幼聪明，少年立志，十一二岁的时候就胸怀远大，目标就是向古人学习，“已慨然有志古人”。但就是考试不灵，乡试（考举人）考了6次，会试考了9次，60岁时终于中了进士。虽然60岁已经是退休年龄，但对于一直教书、卖文的归有光而言，这只是仕途的开始。归有光一直参加考试，但并没有耽误他写文章出名，考试一次次失败，名气却越来越大，连恃才傲物的徐渭徐文长都对他肃然起敬。

归有光勇于反抗潮流，王世贞位高权重，也是文坛大咖，不可一世，还和归有光是同乡，归有光虽然只是乡间穷儒生，但是他敢和王世贞叫板，写文章批评王世贞“狂妄庸俗”，搞得两人关系紧张。但王世贞晚年有所悔悟，被归有光的文章折服，称赞归有光“不事雕饰，而自有风味，超然当名家矣”。归有光主张文章清新自然，表达真感情，使古文与日常生活相联系。他的名作《项脊轩志》《先妣事略》《寒花葬志》《思子亭记》《见村楼记》《女二二圹志》等，都是叙述家庭琐事或亲旧的生死聚散，但因注入真情实感，朴素简洁、悱恻动人。

16 浙西词派

清代前期最大的词派，影响深广。其创始者清代词坛领袖朱彝尊及主要成员都是浙江人，因此得名。朱彝尊与该词派其他主要作家李良年、李符、沈皞日、沈岸登、龚翔麟并称“浙西六家”。

浙西词派中期的代表人物是厉鹗（1692—1752），字太鸿，又字雄飞，号樊榭、南湖花隐等，钱塘（今浙江杭州）人，清代著名诗人、学者。浙西词派崇尚姜夔、张炎，标榜醇雅、清空，以婉约词派为正宗，贬低豪放词派，认为词“宜用于宴嬉逸乐，以歌咏太平”。因此在创作中忽视词的内容，注重词的格律精巧，辞句工丽，用典孤僻，艺术上追求“幽新”的风格，因此有内容晦涩的缺点。

词也称为“诗余”，其起源之初未被看作一种正式的创作，而是一种个人化的、陶冶情操或者表达情感的途径。浙西词派将词作为寄托国仇家恨等宏大主题的工具，提高了词的地位。

晒肚子晒出“晒书节”？

朱彝尊（1629—1709），字锡鬯（chàng），号竹垞（chá），浙江秀水（今属浙江嘉兴）人。清代词人、学者、藏书家。朱彝尊是清代词坛领袖，其词在清词中影响巨大。他和陈维崧并称“朱陈”，执掌词坛牛耳，开创清词新格局。

朱彝尊嗜书如命，他是学者，也是藏书家。相传康熙年间，朱彝尊在六月初六这天袒胸露腹晒太阳，正好被微服私访的康熙看见，问他在干吗。他说自己一肚皮书，派不上用场，要发霉了，晒一晒。后来康熙发现他果然满腹经纶，饱读诗书，就让他负责撰修《明史》。此后读书人都在这一天晒诗书字画，以示学问高深，于是形成“晒书节”。

朱彝尊爱书，甚至因为爱书丢了官。他最早的藏书是在逛豫章（今江西南昌）的图书市场购买的5箱书，可惜后来这5箱书都散失了。此后的十多年中，朱彝尊不断地收集图书，重金求购，四处抄书。在担任纂修官时，常携带一名抄书手私自进入皇宫抄录各地进献的图书。后来这件事被人揭发，朱彝尊也因此丢了官，但他不后悔，还乐得从此以后可以专心读书写书了。

清·罗聘《王士祯与朱彝尊合像》

朱彝尊词作的代表作有哪些？

朱彝尊现存词作500余首，清雅疏宕，独具匠心，但是也有题材狭窄、过分讲求形式技巧的缺点。他选辑的《词综》是中国词学方面的重要选本。朱彝尊代表性词作有《金明池·燕台怀古和申随叔翰林》《水龙吟·谒张子房祠》《长亭怨慢·雁》《卖花声·雨花台》《霜天晓角·晚次东阿》《桂殿秋·思往事》等等，其中尤以《桂殿秋·思往事》最为著名，词如下——

思往事，渡江干。青蛾低映越山看。
共眠一舸听秋雨，小簟轻衾各自寒。

17 - 桐城派

清代文坛上最大的散文流派，亦称“桐城古文派”。戴名世（1653—1713）、方苞（1668—1749）、刘大櫆（1698—1779）、姚鼐（1732—1815）被尊为桐城派“四祖”。桐城派提倡古文，语言上追求“雅洁”，强调学习《左传》《史记》等先秦两汉历史散文和唐宋八大家散文，讲究所谓“义法”，即注重作品的思想内容和写作技巧。他们还主张“义理、考据、辞章”三者并重。桐城派文章大都文理清顺，简洁明了，平易清新，语言通畅。

桐城派以地域而命名，主要因为其早期重要作家皆为江南安庆府桐城（今安徽桐城）人，但是，在桐城派发展早期，并没有旗帜鲜明地使用“桐城派”这一名字。道光、咸丰年间的曾国藩正式打出“桐城派”旗号。他在《欧阳生文集序》中，称道方、刘、姚善为古文辞后，说：“姚先生治其术益精。历城周永年书昌为之语曰：‘天下之文章，其在桐城乎？’由是学者多归向桐城，号桐城派。”天下文章在桐城——自此，以桐城地域命名的“桐城派”正式定名。

桐城派影响较大的成员有哪些？

桐城派“四祖”，戴名世是桐城派的先驱，方苞是桐城派的开创者，刘大櫆和姚鼐是桐城派的中坚力量。

戴名世是康熙年间的榜眼，以写文章成名，也因写文章丧命。他推崇“文以载道”的创作观，希望文章可以让人明辨是非，导人向善。他的学生将他的作品编印成《南山集》一书发行，书中有些文章歌颂了明末抗清义士左光斗等人，戴名世因此获罪入狱，被杀于市。这是清朝初期影响极广的文字狱。

方苞曾因《南山集》一案牵连入狱，脱罪后以布衣身份成了康熙的“私人秘书”。他主张写文章应该清新流畅，富有感染力。由此，清代文坛开始流行义理、考据、词章并重的文章。

刘大櫆在仕途上很不得志，后潜心创作文章。他认为文章的神气、音节、字句应该相互统一。于是，桐城派的创作风格和创作形式都有了明确的标准。

姚鼐被称为“清代古文第一人”，姚鼐发展和完善了桐城派的创作思想，成为桐城派散文的集大成者。

桐城派除“四祖”外，影响较大的还有号称“姚门四杰”的姚鼐的弟子梅曾亮、管同和桐城方东树、姚莹，第一次鸦片战争至20世纪初“五四”新文化运动时期，代表人物还有曾国藩及“曾门四大弟子”张裕钊、黎庶昌、薛福成、吴汝纶。此外，恽敬、张惠言及近代思想家严复、翻译家林纾等也都是桐城派的干将。

桐城派的代表作品有哪些?

桐城派的文章一般都清顺通畅，尤其是一些记叙文，代表作品如方苞的《狱中杂记》《左忠毅公逸事》，刘大櫆的《游三游洞记》，姚鼐的《登泰山记》，薛福成的《观巴黎油画记》等。

18 – 常州词派

清代嘉庆以后的重要词派。由常州词人张惠言（1761—1802）所开创，周济（1781—1839）进一步加以发展。康熙、乾隆时期，词坛主要为浙西词派所左右。浙西词派末流内容越来越空虚、题材越来越狭窄。到了嘉庆初年，浙西词派的词人更是专门在声律格调上用力，问题越来越明显。张惠言想改变词风，大声疾呼词与《风》《骚》同科，应该强调比兴寄托，扭转琐屑饤饾的习气，反对无病呻吟的作品。他主张提高词的地位，倡导意内言外、比兴寄托和“深美宏约”之致，对扭转词风和指导风气起了积极作用。当时应和的人很多，蔚然成风，于是兴起了常州词派。

张惠言编选的《词选》是常州词派的开山之作。后继者周济对张惠言的词论进行了推广和阐发，使常州词派的理论更加完善。周济以艺术审美眼光推尊词体，突出词的“史”性和与时代盛衰相关的政治感慨，所倡导的主张更加切合当时内忧外患、社会急速变化的历史要求。常州词派的影响直至清末不衰。

该派词家还有张琦、董士锡、恽敬、左辅、钱季重、李兆洛等。近代谭献、王鹏运、朱孝臧、况周颐这四大词家，也是常州词派的后劲。

常州词派的开创者张惠言是个什么样的人？

张惠言是清代词人、散文家、学者。原名一鸣，字皋文，一作皋闻，号茗柯，武进（今江苏常州）人。张惠言精于易学，与惠栋、焦循一同被后世称为“乾嘉易学三大家”。编辑《词选》，为常州词派的开山之作，他在《词选序》中提出了“比兴寄托”的主张，强调词作应该重视内容，“意内而言外”。

《宋四家词选》选了哪四家？

《宋四家词选》是常州词派代表人物周济选编的宋词选集，体现了常州词派的词学主张。选编者周济，字保绪，一字介存，号未斋，晚号止庵，清代词论家。该书选录了宋词人51家，词作230首，以周邦彦、辛弃疾、王沂孙、吴文英四家为主，其他各家附属于四家之后，甚至将范仲淹、苏轼、姜夔等词人附于辛弃疾之下，令很多词论家不满。但这也表明了该派从艺术技巧着眼，要求词作能反映现实生活，发挥其社会功能，而不仅仅是个人情思的抒写，指明了词作如何寄托的门径，提出了“词非寄托不入，专寄托不出”之说。

19 鸳鸯蝴蝶派

中国近代小说流派，始于20世纪初，盛行于辛亥革命后，得名于清代魏秀仁的白话言情小说《花月痕》中所引陈文述的诗句“卅六鸳鸯同命鸟，一双蝴蝶可怜虫”。由于许多小说内容动辄以“一双蝴蝶，卅六鸳鸯”来比拟书中的才子佳人，因此被称为“鸳鸯蝴蝶派”。又因鸳蝴派刊物中以《礼拜六》的影响最大，故又称“礼拜六派”。其内容多写才子佳人的爱情故事。该派主持者是包天笑，重要作家有徐枕亚、张恨水、吴双热、吴若梅、程小青、孙玉声、李涵秋、许啸天、秦瘦鸥、冯玉奇、周瘦鹃等。主要刊物有《礼拜六》《小说时报》《眉语》等。

鸳鸯蝴蝶派的代表作家及作品有哪些？

鸳鸯蝴蝶派的代表人物是“五虎将”，即徐枕亚、包天笑、周瘦鹃、李涵秋、张恨水；代表作是“四大说部”，即《玉梨魂》（徐枕亚）、《广陵潮》（李涵秋）、《江湖奇侠传》（平江不肖生）、《啼笑姻缘》（张恨水），其中《玉梨魂》创下了再版32次、销量数十万的纪录，绝对是当年的畅销书。

鸳鸯蝴蝶派有哪些“创新”？

鸳鸯蝴蝶派接受了西方小说的影响，无论在内容还是在形式上，鸳鸯蝴蝶派都有所创新，为中国小说的发展作出过重要的贡献。

中国第一本正面描写和尚恋爱的小说，是被周作人称为“鸳鸯蝴蝶派的祖师”苏曼殊写的《断鸿零雁记》。

中国第一本正面描写寡妇恋爱的小说，是鸳鸯蝴蝶派的代表作《玉梨魂》。
中国第一本长篇日记体小说，是《玉梨魂》作者徐枕亚写的《雪鸿泪史》。
中国第一篇书信体小说，是鸳鸯蝴蝶派主将包天笑的《冥鸿》。

20 - 文学研究会

文学研究会是新文学运动中成立最早、影响和贡献最大的文学社团之一，成立于1921年1月，由周作人、郑振铎、沈雁冰（茅盾）、郭绍虞、朱希祖、瞿世英、蒋百里、孙伏园、耿济之、王统照、叶绍钧、许地山十二人发起，以《小说月报》为阵地，积极倡导文学革命。其宗旨是“研究介绍世界文学，整理中国旧文学，创造新文学”。

文学研究会有哪些作家，其主要成就是什么？

除了12位发起人外，文学研究会发展的会员有谢婉莹（冰心）、顾毓琇、黄庐隐、朱自清、王鲁彦、夏丏尊、舒庆春（老舍）、胡愈之、刘半农、刘大白、朱湘、徐志摩、彭家煌等，共达170余人。

文学研究会作家的成就，主要表现在小说创作上，如茅盾的《蚀》三部曲、叶圣陶的《倪焕之》、许地山的《缀网劳蛛》、冰心的《超人》等。以上作品均以对现实的细密描绘、深入剖析，显示出现实主义特色，成为文学研究会的力作。

21 - 左联

现代文艺团体“中国左翼作家联盟”的简称，是中国共产党于20世纪30年代在上海领导创建的，目的是与中国国民党争夺宣传阵地，传播马克思主义文艺理论，吸引广大民众支持其思想。1930年3月2日“左联”在上海中华艺术大学（今上海多伦路201弄2号）举行了成立大会。大会通过了左联的理论纲领和行动纲领，选举沈端先（夏衍）、冯乃超、钱杏邨、鲁迅、田汉、郑伯奇、洪灵菲7人为常务委员，周全平、蒋光慈为候补委员。在成立大会上，鲁迅先生作了题为《对于左翼作家联盟的意见》的讲话，第一次提出了文艺要为“工农大众”服务的方向，并且指出左翼文艺家一定要和实际的社会斗争接触。1936年春，根据形势的需要，为了建立文艺界抗日民族统一战线，“左联”自动解散。

左联主要成员有鲁迅、茅盾、郭沫若、周扬、田汉、阿英、萧红、戴望舒、胡风、柔石、瞿秋白、郁达夫、丁玲、冰心、夏衍、周立波、聂绀弩等，都是在现代文学史上举足轻重的作家，在创作方面取得了很大的成就。鲁迅是左联的旗帜人物。虽然“左联”的历史只有短短6年，但是它以在当时的巨大作用以及对后世的深远影响，成为了中国革命文学史上的丰碑。

“左联”取得了哪些具体的成绩?

首先是创办刊物，繁荣文学创作。“左联”先后创办了《拓荒者》《萌芽月刊》《北斗》《文学周报》《文学导报》《文学》半月刊等多种刊物，还改组或接办了《大众文艺》《现代小说》《文艺新闻》等期刊。其次，左翼作家创作硕果累累，鲁迅后期的杂文、历史小说《故事新编》，茅盾的长篇小说《子夜》，巴金的《家》，老舍的《骆驼祥子》，曹禺的《雷雨》，蒋光赤的《咆哮了的土地》，夏衍、田汉、洪深的戏剧，都是这一时期创作的。最后，培养了一批青年作家。在鲁迅的关怀爱护下，叶紫、沙汀、艾芜、丁玲、张天翼、周立波、萧军、萧红等一批青年作家成长起来，写了大量引人注目的作品，充分显示了无产阶级革命文学运动的实绩。

“左联五烈士”都有谁？

他们是柔石、胡也频、李伟森、冯铿、殷夫。1931年2月7日，这五位作家被国民党政府杀害于上海龙华。冯铿是五位烈士中唯一的女作家。

柔石（1902—1931）

胡也频（1903—1931）

李伟森（1903—1931）

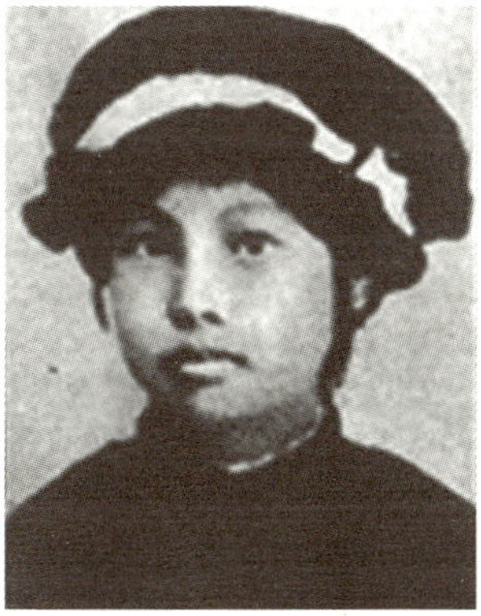

冯铿（1907—1931）

殷夫（1910—1931）

22 山药蛋派

形成于20世纪40年代至60年代中期，以赵树理为代表的一个当代文学流派。因为代表人物是赵树理，又称“赵树理派”；主要采用群众喜闻乐见的形式来表现山西农村生活，又称“山西派”；中华人民共和国成立后，该派的作品大都发表在山西文艺刊物《火花》上，又称“火花派”。该派主要作家还有马烽、西戎、李束为、孙谦、胡正（人称“西李马胡孙”）等，他们都是山西农村土生土长的作家，有比较深厚的农村生活基础。该派作品主要为农民而创作，特点是大众化、民俗化，作品吸取民间传统的说书手法，故事性强，语言朴素凝练，具有浓厚的民族特色和地方色彩。该派在文艺普及上做出了很大贡献。代表作有赵树理的《小二黑结婚》《李有才板话》《三里湾》，马烽的《三年早知道》，马烽、西戎的《吕梁英雄传》等。

谁被称为描写农村生活的“铁笔”“圣手”？

“山药蛋派”的开创者赵树理（1906—1970），原名赵树礼，山西晋城市沁水县尉迟村人。他是真正熟悉农村、热爱人民的少有的杰出作家之一，他的作品乡土气息浓厚，真实地再现了中国农村几十年来的巨大变革，有一种新鲜活泼、为老百姓喜闻乐见的大众化风格，因此被称为现代小说描写农村生活的“铁笔”“圣手”，在现代文学史上占有一席重要地位。

山药蛋是什么？“山药蛋派”是如何得名的？

山药蛋就是马铃薯、土豆，我国华北地区称之为“山药蛋”。因为“山药蛋派”作家以描写山西农村生活为主，通俗朴实，贴近大众，语言也采用山西农民的语言，刚开始，有人觉得他们的作品“土里土气，难登大雅之堂”，便用山西盛产的“山药蛋”为其命名，戏称其为“山药蛋派”。朴实无华、憨实可爱的土豆，正是此派作品独特风格的绝佳代表。

23 白洋淀派

又称“荷花淀派”，是以孙犁为代表的当代文学流派。该派作品，一般都充满浪漫主义气息和乐观精神，追求诗情画意之美，情节生动，语言清新朴素，富有节奏感；描写逼真，心理刻画细腻，抒情味浓，富有诗情画意，有“诗体小说”之称。主要作家还有刘绍棠、从维熙、韩映山等。代表作品有孙犁的《荷花淀》、刘绍棠的《豆棚瓜架雨如丝》及从维熙的《大墙下的白玉兰》。白洋淀诗派是朦胧诗派的前身，不但标志着中国当代启蒙主义文学思想的诞生，同时也可以视为整个先锋文学思潮的真正发端。

“荷花淀派”是如何得名的?

荷花淀是白洋淀的一部分。这一流派得名不但源于白洋淀这个地方，也源于孙犁（1913—2002）的短篇小说《荷花淀》。孙犁一生布衣简食、淡泊明志，其集大成之作是小说散文集《白洋淀纪事》，描写了抗日战争时期，白洋淀人民英勇抗日，并与当地地主等恶势力进行斗争的事迹。《白洋淀纪事》收录了他在1939年到1950年间创作的短篇小说和散文，其中包括《荷花淀》《芦花荡》《嘱咐》《采蒲台的苇》等。《荷花淀》以白洋淀为创作背景，朴素明丽，清新柔美，洋溢着诗情画意，带有浓郁的浪漫主义色彩。发表后，在文艺界引起很大反响，许多作家都努力探索其写作技巧，并在艺术实践中体现其风格，不久便形成了一个文学流派，被评论界称为“荷花淀派”。

描述农村生活的“四大名旦”和“四杆铁笔”都是谁？

孙犁、赵树理、周立波和柳青被誉为描写农村生活的“四大名旦”和“四杆铁笔”。孙犁的代表作为《荷花淀》《芦花荡》；赵树理的代表作为《小二黑结婚》《李有才板话》《三里湾》；周立波（1908—1979），原名周绍仪，其代表作为长篇小说《暴风骤雨》《山乡巨变》；柳青（1916—1978），原名刘蕴华，代表作是长篇小说《创业史》。

24 - 朦胧诗派

兴起于20世纪70年代末80年代初的一个诗歌流派，其代表人物有北岛、舒婷、顾城、江河、杨炼、梁小斌、芒克等。该派受西方现代主义诗歌的影响，借鉴了西方现代派的一些表现手法，善于通过一系列琐碎的意象，来含蓄地表达思想感情，开拓了现代意象诗的新天地、新空间。朦胧诗是一群自我意识开始觉醒的青年，利用诗歌的形式反思现实、追求诗歌独立的审美价值的产物。作为一个创作群体，"朦胧诗派"并没有形成统一的组织形式，也未曾发表宣言，然而却以各自独立又呈现出共性的艺术主张和创作实绩，构成一个"崛起的诗群"。

为什么叫"朦胧诗"？

朦胧诗的命名来自于历史的误会，也可以说是特定时代赋予这一群诗人的一个有意义的称谓。1980年第8期的《诗刊》上登载了章明的文章《令人气闷的"朦胧"》，在这篇文章里，章明指出，当前有些诗歌"写得十分晦涩、怪癖，叫人读了几遍也得不到一个明确印象，似懂非懂，半懂不懂，甚至完全不懂，百思不得其解"。这些诗歌被章明命名为"朦胧体"，"朦胧诗"的名称就此确立下来。

朦胧诗派的代表作品有哪些？

朦胧诗派代表作品有海子的《面朝大海，春暖花开》，舒婷的《祖国啊，我亲爱的祖国》《赠别》《致橡树》，顾城的《一代人》《远与近》，江河的《星星变奏曲》《纪念碑》，北岛的《回答》《习惯》《红帆船》，等等。

25 先锋派小说

先锋派小说又称新潮小说，它主要是指20世纪80年代中期以后出现的一批具有探索和创新精神的青年作家所创作的新潮小说，代表作家有马原、莫言、洪峰、残雪、扎西达娃、苏童、格非、北村、孙甘露、余华、潘军等。先锋派文学是指反对传统文化，刻意违反约定俗成的创作原则及欣赏习惯的文学，向传统文化的教条发起挑战，震撼读者的感受能力。其本质特征就在于它的独创性、反叛性与不可重复性。先锋派文学可以根据体裁分为先锋派诗歌、先锋派散文、先锋派戏剧、先锋派小说等。先锋派小说的代表作有马原的《冈底斯的诱惑》《西海无帆船》《虚构》，莫言的《透明的红萝卜》《红高粱》，苏童的《1934年的逃亡》和格非的《褐色鸟群》，等等。

当代纯文学作品销量最高的是哪一部？

余华的《活着》。从1992年发表至今，余华的《活着》已经销售逾2000万册，是当代纯文学作品销量最高的一部。余华（1960—），是新时期先锋文学的开创者之一。他的《十八岁出门远行》《现实一种》《难逃劫数》《河边的错误》等小说，尖锐而冷酷地审视人性，在文学观念、审美姿态、叙述方式上对传统文学形态构成了巨大的冲击与挑战。但因为先锋派作品的读者有限，余华进行了创作转型，创作了《在细雨中呼喊》和《活着》，取得了巨大的成功。

余华的代表作品有《兄弟》《许三观卖血记》《活着》《在细雨中呼喊》等。其中《活着》和《许三观卖血记》同时入选百名批评家和文学编辑评选的“九十年代最有影响力的十部作品”。

西方文学理论发展史上的“先锋派”有何意义？

文艺理论意义上的先锋派包括“象征主义，未来主义，达达主义，意象主义，超现实主义，抽象派，意识流派，荒诞派等等”，其倾向就是反映现代西方社会中个人与社会，人与人，人与自然，个人与自我间的畸形的异化关系，及由此产生的精神创伤、变态心理、悲观情绪和虚无意识。

26 武侠小说

武侠小说是中国旧通俗小说的一种重要类型，多以侠客和义士为主人公，描写他们身怀绝技、见义勇为和叛逆造反的行为。武侠小说可分为古典武侠、明清武侠、民国武侠、新派武侠四个发展阶段：古典武侠的代表作为施耐庵的《水浒传》；明清武侠的代表作为石玉昆的《三侠五义》和文康的《儿女英雄传》；民国武侠的代表作为平江不肖生的《江湖奇侠传》和王度庐的《卧虎藏龙》；新派武侠的代表较多，有梁羽生的《白发魔女传》《七剑下天山》《萍踪侠影录》《云海玉弓缘》，金庸的《鹿鼎记》《天龙八部》《笑傲江湖》《神雕侠侣》《射雕英雄传》《倚天屠龙记》，古龙的《多情剑客无情剑》《楚留香传奇》《陆小凤传奇》《天涯·明月·刀》，温瑞安的《四大名捕》《神州奇侠》，黄易的《寻秦记》，倪匡的《六指琴魔》，等等。

新派武侠小说的集大成者是谁？

金庸。金庸（1924—2018），本名查良镛，生于浙江海宁，作家、新闻家、社会活动家，是新派武侠小说的集大成者、公认的盟主，被誉为武侠小说作家的“泰山北斗”。金庸小说继承古典武侠小说精华，开创了形式独特、情节曲折、描写细腻且深具人性和豪情侠义的新派武侠小说先河，深受读者欢迎。不少文坛才子和读者都提笔撰写书评，形成“金学”研究。金庸、古龙、梁羽生并称为“新武侠三大家”，金庸、古龙、梁羽生、温瑞安并称为中国武侠小说四大宗师。

27 网络文学

网络文学，指新近产生的，以互联网为展示平台和传播媒介的，借助超文本链接和多媒体演绎等手段来表现的文学作品、类文学文本及含有一部分文学成分的网络艺术品。网络文学是随着互联网的普及而产生的，具有更新快、传播广、阅读群体庞大、不受传统限制等特点。网络文学以读者为中心，具有通俗化、平民化、商业化等特征，拥有海量的阅读群体。代表作有天蚕土豆的《斗破苍穹》，唐家三少的《斗罗大陆》，天下霸唱的《鬼吹灯》，南派三叔的《盗墓笔记》，等等。

第一部中文网络小说是哪一部？

按照影响力和知名度，一般认为第一本网络小说是中国台湾作家痞子蔡于1998年创作的言情小说《第一次的亲密接触》，该小说也是中国互联网史上的第一部畅销小说。

网络小说主要有哪些类别？

按照题材内容划分，网络小说主要有玄幻、武侠、仙侠、奇幻、科幻、都市、言情、历史、军事、游戏、体育、灵异、同人、耽美、二次元等类别。

文学体裁篇

01 古体诗

古体诗是与近体诗相对而言的诗体。近体诗形成以前，除楚辞外各种诗歌体裁，都可以称为古体诗。古体诗一般又叫古风、古诗。古体诗格律自由，不要求对仗、平仄，押韵较宽，可平可仄，也可换韵，篇幅长短不限。从诗句的字数看，古体诗有所谓四言、五言、七言和杂言等类别。四言是四个字一句，五言是五个字一句，七言是七个字一句，杂言是句子字数长短间杂。

先秦的《诗经》以四言诗为主，魏晋时期的四言诗有曹操的《观沧海》、陶渊明的《停云》等。五言古体诗最早产生于汉代，如《古诗十九首》。七言古诗大量出现是在唐代，唐人又称七言古诗为长句。汉魏以来乐府诗原是配合音乐的，唐人模仿乐府诗，有沿用乐府古题的，如李白的《蜀道难》；有即事名篇另立新题的，如杜甫的“三吏”“三别”、白居易的新乐府，这些诗都已经不合乐，属于古体诗。

02 楚辞

楚辞是屈原在楚国民歌基础上创造的一种抒情韵文，充满浓郁的地方特色，以《离骚》为代表，一般篇幅较长，句式灵活参差，多六言、七言，以“兮”字作语助词。楚辞也被称为骚体、楚辞体。相较于以前的诗歌，楚辞在体式上有了很大的扩展，以前的诗歌大多是十多行、数十行的断章，而屈原的《离骚》却长达三百七十二句，奠定了中国古代诗歌的长篇体式。西汉时，刘向将屈原、宋玉等人的作品编辑成集并命名为《楚辞》，楚辞又成为一部诗歌总集的名称。楚辞本义泛指楚地的歌谣，以后才成为专称，指以战国时楚国屈原的创作为代表的新诗体。

03 乐府

“乐府”本是汉武帝时设立的一个官署，负责制谱度曲，采集诗歌民谣，供朝廷祭祀宴享时演唱，也可以观察风土人情，考见政治得失。它搜集整理的诗歌，后世就叫“乐府诗”，简称“乐府”。汉魏南北朝时，乐府由机构名称变为一种带有音乐性的诗体名称。《木兰诗》和《孔雀东南飞》被誉为“乐府双璧”。

唐新乐府指唐人自立新题而作的乐府诗，这类新题乐府，至杜甫大有发展，元结、韦应物、戴叔伦等人也有新题乐府，他们是新乐府运动的先驱。宋元以后也称词、曲为乐府。

04　近体诗

近体诗与古体诗相对，又称今体诗、格律诗，是一种讲究平仄、对仗和押韵的诗歌体裁。近体诗由南朝齐永明时沈约等讲求四声、八病等声律、对偶的新体诗发展而来，至唐初沈佺期、宋之问时始定型，唐以后人常用。近体诗包括绝句（五言四句、六言四句、七言四句），律诗（五言八句、六言八句、七言八句），排律（十句以上）三种。律诗八句分为四联，分别为首联、颔联、颈联和尾联。除首尾两联外，必须要对仗（绝句不要求对仗）。排律是律诗的延长。

05　赋

中国古典文学中介于诗、文之间的一种重要文体。“赋”的名称最早见于战国时期荀况的《赋篇》。赋最能彰显汉代的时代精神，其特点是“铺采摛文，体物写志”，注重铺叙和形容，词藻华美，通过描摹事物达到抒发感情的目的。赋结合了散文的章法、句式与诗歌的韵律、节奏，借助灵活多变的韵脚及排比、对偶、夸张等手法，自由而又严谨、流动而又凝滞，兼具诗和散文的性质。明代徐师曾将赋分为古赋、俳赋、律赋、文赋四种。

06　古文

就文体而言，古文与骈文相对，指奇句单行、不讲对偶声律的散体文。魏晋以后，讲究对仗、声韵，句法整齐、辞藻华丽、注重形式技巧的骈文盛行。北朝西魏的苏绰反对骈体的浮华，仿《尚书》作《大诰》，以为文章标准体裁，时人称之为“古文”，即以先秦散文语言写作的文章。后来，韩愈、柳宗元等人主张恢复先秦和汉代散文内容充实、长短自由、质朴流畅的传统，即称这样的散文为古文。唐宋古文家以复古为号召，有继承有创新，实际上开创了一种新型散文。

07　骈文

骈文又称“骈体文”“骈俪文”或“骈偶文”，是起源于汉代，盛行于南北朝的、以字句两两相对而成篇章的一种文体，因它常用四字、六字句，故也称“四六文”或“骈四俪六”。骈文与散文相对而言，讲究对仗的工整和声律的铿锵，句式两两相对，犹如两马并驾齐驱，故而得名。骈文注重形式技巧，用字绮丽，多采典故，往往束缚了思想情感的自由表达，但运用得当，也能增强文章的艺术效果。

08　小品文

小品文是一种寓有抒情意味和讽刺性的短小散文。它在中国有着悠久的历史和多种样式，古代许多带有强烈感情色彩、语言优美生动的序、跋、记传、书信等等，都可以算作小品文。小品一词，来自佛学，本指的是佛经的节本。小品是相对于大品而言的，是篇幅上的区分，而不是题材或体裁的区分。小品一词后来运用到文学领域，同样也没有严格明确的定义。凡是短篇杂记一类的文章，均可称为小品文。体裁上则不拘一格，序、记、论、跋、碑、传、铭、赞、尺牍等文体都可适用。

09　八股文

八股文也称“制义”“制艺”“时文”“八比文”，是明朝考试制度所规定的一种特殊文体。而所谓的股，有对偶的意思。八股文就是指文章的八个部分：破题、承题、起讲、入题、起股、中股、后股、束股。八股文有一套相对固定的写作格式，其题目取自四书五经，以四书命题占多数。文章论述的内容要根据朱熹的《四书章句集注》等书而展开，不能随意发挥。每篇开始以两句点破题意，称为“破题”；然后承接破题而进行阐发，称为“承题”；接着转入“起讲”，即开始议论；后再为“入手”，意为起讲后的入手之处；以下再分为起股（也称起比、提比）、中股（也称中比）、后股（也称后比）、束股（也称束比）四部分；末尾又有数十字或百余字的总结性文字，也称大结。1905年，清政府宣布废除科举考试制度，八股文的光辉历史也随之结束。现在人们用八股文来比喻空洞死板的文章或迂腐的言论。

10　笔记小说

笔记小说是魏晋时期开始出现的文言小说的一种形式。笔记原来指随笔记录、不拘体例的散体文字，内容广泛驳杂，举凡天文地理、朝章典制、草木虫鱼、风俗民情、学术考证、鬼怪神仙、艳情传奇、笑话奇谈、逸事琐闻等，无所不包。笔记小说可概分为志怪和志人小说，特点是篇幅短小、内容繁杂。《世说新语》是志人小说的代表作,《搜神记》是志怪小说的代表作。严格讲，笔记小说不是现代文学意义上的创作，更是史传意义上的实录，反映了我们传统的“小说”观。

“小说”一词最早见于《庄子·外物》“饰小说以干县令”，此处“小说”是一个贬义词，指“浅识小语”。古人作为文体意义的“小说”意义广泛，与现代小说观念的主要区别在于：传统小说观念以“史”为志向，不崇尚“虚构”，重在记录、讲述“故事”。

11　唐传奇

传奇本是传述奇闻异事的意思，唐代传奇是指唐代流行的文言短篇小说。中国文学意义上的小说，始自唐传奇；以“传奇”作为作品名，始于唐元稹，他的《莺莺传》，原名就是《传奇》。后来裴铏将其文言小说集也取名为《传奇》，元代学者陶宗仪又将“传奇”作为唐代文言小说的专名。唐传奇远继神话传说和史传文学，近承六朝志怪小说，以史传笔法写奇闻异事。唐传奇内容丰富，题材广泛，艺术上更加成熟，突破了笔记小说的“实录”传统，甚至通过虚构的人物和故事反映人的生存状态和生存理想，标志着中国古代小说创作进入了一个新阶段。现存唐传奇的代表作，有王度的《古镜记》、无名氏的《补江总白猿传》、李朝威的《柳毅传》、元稹的《莺莺传》、蒋防的《霍小玉传》等等。

12　话本小说

话本小说是古代中国小说的一种体裁，属于中国古典小说的一种，流行于宋元时期，又称宋元话本。话本，意思是说话的底本，又叫说话、词话，是在宋代城市的大众娱乐场所“瓦肆”中流行的娱乐形式，就是说书人讲唱各种题材类型的故事。“说话”分为四家，即小说、讲史、说经、合生。四家中，小说、讲史最为重要，影响也最大。其讲唱内容的底本，即称为“话本”。

13 章回小说

章回小说是中国长篇小说的传统形式之一。章回小说由宋元讲史话本发展而来。讲史说的是历史兴亡和战争故事，如《全相平话五种》《五代史平话》《宣和遗事》等。说话人不能一次性把每段故事有头有尾地说完，必须连续讲若干次，每讲一次就等于后来的一回。在每次讲话以前，要用题目向听众揭示主要内容，这就是章回小说回目的起源。从章回小说中经常出现的“话说”和“看官”字样，可以看出它和话本之间的继承关系。宋代话本《大唐三藏取经诗话》已具章回小说的雏形。明、清时代章回小说的代表作有《三国演义》《水浒传》《西游记》《红楼梦》等。现代长篇小说也有采用章回小说形式的，如《吕梁英雄传》等。

14 词

词是一种押韵的可以配乐歌唱的文体，又称“长短句”“诗余”“曲子词”。词萌芽于南朝，兴起于隋唐，繁荣于宋代。词的句式长短不一，讲究韵律，能自由表达思想感情。词有如下特点：一是每首词都有一个表示音乐性的词调（词牌），如《破阵子·为陈同甫赋壮词以寄之》中“破阵子”是词牌名，“为陈同甫赋壮词以寄之”是题目。二是词一般都分两段（叫作上、下阕或上、下片）。三是一般词调的字数和句子长短都是固定的，有一定的格式。四是句式参差不齐，基本上是长短句。五是声韵规定严格。词按风格的不同分为豪放和婉约两大流派，豪放派词人主要有苏轼、辛弃疾等；婉约派词人主要有柳永、李清照等。

15 散曲

散曲是金元之际产生的一种抒情诗体。元人称为“乐府”或“今乐府”，包括套数和小令，以及介于二者之间的带过曲。小令又叫“叶儿”，基本特征是单片只曲，调短字少，如马致远的《天净沙·秋思》就是一首小令。“套数”又称“套曲”“散套”或“大令”，以较长的篇幅表达相对复杂的内容，如关汉卿的〔南吕·一枝花〕《不伏老》。带过曲属于小型组曲，与套数相比，容量小得多，且没有“尾声”。散曲押韵比较灵活，句中可以衬字，句式灵活多变，语言风格口语化、散文化。

16　诸宫调

诸宫调是宋、金、元时期的大型说唱文学，是从变文和教坊大曲、杂曲的基础上发展而来的。诸宫调由韵文和散文两部分组成，采取合唱和说白相间的方式，基本上属于叙事体，歌唱部分集若干套不同宫调的曲子联接而成，故名“诸宫调”，又称“诸般宫调”。诸宫调为后世戏曲音乐开辟了道路。宋代已用诸宫调的曲调来演唱宋杂剧了。至元代，其曲调对北方杂剧的形成起了重要的作用，它的重要的艺术手段，都为元杂剧所吸收。它为中国戏曲艺术的成熟奠定了基础。清宫调代表作如董解元的《西厢记诸宫调》。

17　元杂剧

杂剧又称北杂剧、北曲，是在金院本和宋元诸宫调的基础上，融合各种表演艺术形成的一种完整成熟的戏剧形式。它把歌曲、宾白、舞蹈、表演等有机地结合起来，产生了散韵结合、结构完整的文学剧本。杂剧的特点是四折一楔子的结构形式，唱与说白紧密相连，注重舞台性，角色分工类型化。元杂剧在内容上丰富了久已在民间传唱的故事，而且广泛地反映了社会现实。元杂剧剧本成为元代文学的代表样式之一。

18　话剧

一种以对白和动作为主要表现手段的戏剧。最早出现在辛亥革命前夕，当时称作“新剧”或“文明戏”。新剧于辛亥革命后逐渐衰落。五四运动以后，欧洲戏剧传入中国，中国现代话剧兴起，当时称“爱美剧”和“白话剧”。1907年，留学日本的曾孝谷据美国小说改编的《黑奴吁天录》，是中国早期话剧的第一个剧本。话剧通过人物性格反映社会生活。话剧中的对话是经过提炼加工的口语，语言个性化，自然生动，富有表现力，通俗易懂，能为群众所接受。郭沫若的《屈原》、老舍的《茶馆》、曹禺的《雷雨》、苏叔阳的《丹心谱》等，都是我国著名的话剧。

19　新诗

新诗也称“白话诗”、“现代诗”，是五四运动后流行的一种白话诗体。其特色是除以白话为主外，也不讲求平仄、协韵、对仗等，其创作体例和规则完全不同于古典诗，更加活泼、自由，有利于表达复杂的思想感情和不断变化的社会生活。1917年2月，《新青年》2卷6号刊载了胡适的白话诗词8首，是中国第一批白话新诗。第一本白话诗集是1920年出版的胡适的《尝试集》。

20　报告文学

报告文学是散文的一种，是用文学手段处理新闻题材的一种文体。报告文学介于新闻报道和小说之间，兼有新闻和文学的特点，可以说新闻性是报告文学的灵魂，文学性是报告文学的躯体，政论性是报告文学的武器。报告文学有三个主要特点：鲜明的新闻性、强烈的文学性、深刻的政论性。报告文学叙写现实生活中确实存在的先进人物，反映多姿多彩的生活，揭露为人们嗤之以鼻的丑恶现象，密切关注现实社会的进展和变革。

21　影视文学

“影”，即电影，“视”，即电视。影视文学是电影文学和电视文学的合称。作为一种后起的文学样式，影视文学的历史远不及传统的小说、诗歌、戏剧、散文等，然而凭借电影、电视在当今社会生活中的巨大影响，影视文学在一个世纪以来迅猛发展，成为当代文学的一个重要分支，以至于一旦舍弃了影视文学，当代文学史便显得残缺不全。